漫话

《儒林外史》

龚晓庆 著

SPM 南方传媒 | 花城出版社

中国·广州

图书在版编目（ＣＩＰ）数据

漫话《儒林外史》 / 龚晓庆著. -- 广州：花城出版社，2024.3（2025.3重印）
ISBN 978-7-5749-0064-6

Ⅰ. ①漫… Ⅱ. ①龚… Ⅲ. ①《儒林外史》－通俗读物 Ⅳ. ①I242.4-49

中国国家版本馆CIP数据核字(2023)第223874号

出 版 人：张 懿
责任编辑：林 菁 李 卉
责任校对：衣 然
技术编辑：凌春梅
封面设计：杰洛士
漫画绘制：何传键

书　　名	漫话《儒林外史》
	MANHUA《RULIN WAISHI》
出版发行	花城出版社
	（广州市环市东路水荫路 11 号）
经　　销	全国新华书店
印　　刷	佛山市浩文彩色印刷有限公司
	（广东省佛山市南海区狮山科技工业园 A 区）
开　　本	787 毫米 × 1092 毫米　16 开
印　　张	15.25　1 插页
字　　数	220,000 字
版　　次	2024 年 3 月第 1 版　2025 年 3 月第 3 次印刷
定　　价	49.80 元

如发现印装质量问题，请直接与印刷厂联系调换。
购书热线：020-37604658　37602954
花城出版社网站：http://www.fcph.com.cn

我和龚晓庆老师至今未曾见过面，但我对她并不陌生。

作为一名有专业追求的青年教师，她在整本书阅读教学、写作教学上的探索给我留下了深刻的印象。她放到哔哩哔哩网站上的名著导读和作文教学的微课视频播放量突破了百万，她编写的《看得懂、用得上、记得住的满分作文秘笈》也广受欢迎。一年半前，她把《漫话〈儒林外史〉》样章发来征求我的意见时，我肯定了她在经典名著可亲化方面的探索，并将样章推荐给了花城出版社。最近，本书即将付梓，龚老师嘱我作序，作为这本书的"媒人"，虽六有不逮，但唯有从心，谈谈我先睹为快的阅读感受。

众所周知，阅读经典是人类获取知识、启智增慧、培养道德的重要途径，是一切精英人才成长的必由之路。所以，中小学教育，尤其是语文教育，一直以来都很注重经典的阅读。新课标、新教材实施以来，经典名著阅读更是成为中小学语文课程中重要的学习领域。但不可否认，很多经典名著与当代读者是有隔膜的，青少年阅读经典是有一定难度的。统编初中语文教材九年级下册中的推荐阅读书目《儒林外史》，就是一本学生很难读进去的书。该书时间跨度长，内容厚重，人物众多，却没有贯穿全书的中心人物和事件，情节较散，学生普遍反映不好读，不喜欢读。

面对这样一部经典名著，如何从学生视角出发，用孩子们喜欢的方式带领他们走进经典，构建学生读得进、读得懂、读得透的阅读场域，便是当务之急。

青少年对阅读的态度不是基于功利性的理性判断，而是基于阅读是否让他们感到愉悦和兴趣盎然。龚老师对青少年阅读的这一绝对法则一定是谙熟于心的，所以她和美术专业的何传键老师决定跨学科合作，根据青少年的认知和接受特点，以漫话和漫画相结合的形式，创作了这本

《儒林外史》导读读本。

　　该书以原著中的二十多位主要人物为对象，讲述人物故事，评析人物形象，解读人物背后的"言外之意"和闲笔背后的深意。龚老师轻松有趣而不失本义的解读，呈现了她对经典解读的趣味视角，给读者带来启发。穿插于书中各章节的原创漫画，与轻松诙谐的文字相互映衬，相得益彰。值得一提的是，这些漫画与一般意义上的图书插画并不相同，本身具有意义生成的功能，以具象的形式揭示了人物的形象和内心世界，实现了文图的完美结合，极好地体现了青少年阅读的特点。

　　余党绪老师在《初中整本书阅读：一本书一堂课》前言中，谈到"青少年名著阅读要不要引导"这个问题时说："学生的兴趣当然要尊重，但作为教育者，引导和开发学生的兴趣至少也是同等重要的吧？名著的魅力不可否定，但对青少年而言，这个魅力是潜在的，青少年与经典名著之间的距离不可小觑。"对此，我深以为然。经典名著阅读教学的核心是让学生把书真正读起来，整本书阅读的理想图景是学生静静地阅读，享受阅读，进而积累整本书阅读经验，养成良好的阅读习惯，提升整体认知能力，丰富精神世界。但要实现这样的理想，首先是让学生亲近经典，进入经典，这是语文老师应该且必须有所作为之事。

　　晓庆老师在这个方面做出了极富成效的探索。本书以简驭繁，以诙谐妙笔揭示原著奥义，激趣释疑，用活泼形式消除经典隔膜，为文学经典更好地走近学生提供了一种新的尝试，找到了一条青少年走进经典的理想途径。

　　以孩子们喜欢的方式带领他们走进经典。

　　用经典阅读，唤醒孩子成长的力量。

　　我们一起努力！

　　是为序。

丁之境

2024年1月1日于广州

　　丁之境　广州大学人文学院教授、硕士生导师，广东省语文特级教师、正高级教师。曾长期在广东实验中学教授中学语文，多次当选广东省中小学名教师工作室主持人。

为什么想到要做《儒林外史》漫画呢？那是在一个平常的中午，我正琢磨怎样跟学生讲清这样一部难啃的经典名著。刚开始，我尝试用火柴人代替小说中的人物，但火柴人没有表情，也没有个性，实在无法让学生直观地感受到每个人物的神采。我突发奇想：要不要自己画出来？当然，我是太高估自己了，专业的事还得找专业的人。后来我与美术专业的何老师一拍即合，我们开始筹划《儒林外史》的漫画稿。在上课之余，我开始每天中午、晚上不眠不休地写文案，何老师则开始根据文案画画。为了更加直观地展现漫画，我开始学习剪辑视频，用我平庸的剪辑技术将文字和漫画结合起来，最终变成了一个个有干货又有趣的小视频。终于到《儒林外史》导读课了，第一次在自己所任教的901班播放漫画视频，孩子们看到范进中举发疯后跌倒在泥坑里的画面时笑得前仰后合。我强作镇定，但内心实在骄傲得不得了——我终于找到一条让孩子们接近《儒林外史》的捷径了！

后来我鼓起勇气，将视频放到哔哩哔哩网站上，收获了很多粉丝的喜爱，很快总播放量突破了百万。我这才反应过来，很多时候不是我们的孩子不爱读书，不读经典，只是我们需要创造更多的路径让孩子们有意愿接近经典，进而爱上经典。

其实在给孩子们上课之前，我从来不曾好好读过《儒林外史》。你听听《儒林外史》这个名字，多么像一个古板的老学究取的，哪怕叫"外史"，也没有一点可爱有趣的迹象。孩子们也跟我一样吧：买了原著却放在书堆任其生灰；为了考试终于拿起要读，诸多生僻词和科举制度术语让人摸不着头脑；稍稍读了两章还以为王冕是主角，再读，人物接连出场：周进、范进、严监生、严贡生，到底谁才是主角？你一脸茫然。若真有毅力读到中间，前面的人名怕都不记得了。《儒林外史》虽是一部章回体长篇小说，但它没有固定的主角，更像是一部短篇小说集，过两章换一个人物，人物与人物的转换也很随意，可能两个人只是同坐一艘船的关系，主打一个"自由切换"。结构错综复杂，人物众多，太容易把人劝退了。

因为需要给孩子上课，我硬逼着自己读完全书，发现之前的印象全错了，这根本不是一部古板的老学究的著作，更像是一部周星驰的恶搞电影。

譬如文中的牛浦郎，自称是当朝大诗人牛布衣，借着人家的"账号"骗吃骗喝骗婚，当他得罪了同样卑鄙的牛玉圃时，小说中这一段就很解气了："此时天气甚热，牛浦被剥了衣服，在日头下捆了半日，又受了粪窖子里熏蒸的热气，一到船上，就害起痢疾来。那痢疾又是禁口痢，里急后重，一天到晚都痢不清，只得坐在船尾上，两手抓着船板由他屙。屙到三四天，就像一个活鬼。身上打的又发疼，大腿在船沿坐成两条沟。"这一段描写是否让你如闻其声、如见其人呢？在诸多的严肃文学中，极少看到如此细致的"屎尿屁"的生动描写，真真大开眼界。

当然文章还有很多极具深意的"闲笔"，在牛浦郎打官司这一故事里，作者顺带着描述了另一起离奇案件：

一和尚因在山中拾柴，看见人家放的许多牛，内中有一条牛见这和尚，把两眼"睁睁的只望着他"。和尚觉得心动，走到那牛跟前，那牛就"两眼抛梭的淌下泪来"。和尚慌到牛跟前跪下，牛伸出舌头来舐他的头；舐着，那眼泪越发多了。和尚方才知道牛是他的父亲转世，因向那人家哭着求告，施舍在庵里供养着。不想被庵里邻居牵去杀了，所以来告状。

初看案件，还有这等离奇之事？真有轮回之说？

再看邻居辩解——

邻居道："小的三四日前，是这和尚牵了这个牛来卖与小的，小的买到手，就杀了。和尚昨日又来向小的说，这牛是他父亲变的，要多卖几两银子，前日银子卖少了，要来找价，小的不肯，他就同小的吵起来。小的听见人说：'这牛并不是他父亲变的。这和

4

尚积年剃了光头，把盐搽在头上，走到放牛所在，见那极肥的牛，他就跪在牛眼前，哄出牛舌头来舐他的头。牛但凡舐着盐，就要淌出眼水来。他就说是他父亲，到那人家哭着求施舍。施舍了来，就卖钱用，不是一遭了。'"

你读懂其中的逻辑了吗？搽盐在头上，牛舔舐流泪，和尚便称这是自己转世的父亲，牛主人善心便把牛施舍给了他，和尚转头就把自己"爸爸"卖了，赚得一笔钱，可贪心不足，卖完了又反悔抬价，价谈不拢便告上公堂。有趣之处在于竟是和尚自己把邻居告上公堂。荒诞不经，引人深思。和尚本应慈悲为怀，却用轮回之说坑蒙拐骗，专骗别人的善心，其心可诛。这案件放到现在，怕是最有想象力的编剧都要甘拜下风了吧。

除了离奇的案件，文中还有很多匪夷所思的"闲笔"。一位老秀才倪老爹科举之路不顺，养不活儿子，只得卖儿子过生活，大小儿子都卖出了，六儿子倪廷玺幸遇好心人鲍文卿，过继后改名鲍廷玺。小鲍人生曲折坎坷，正处于低谷时竟偶遇了自己失散多年的亲哥哥倪廷珠。这哥哥还是个有情有义有款的主儿，火速安排了弟弟后半生的富贵生活。

> 倪廷珠下了轿，进来说道："兄弟，我这寓处没有甚么，只带的七十多两银子。"叫阿三在轿柜里拿出来，一包一包，交与鲍廷玺，道："这人你且收着。我明日就要同姬大人往苏州去。你作速看下一所房子，价银或是二百两、三百两，都可以，你同弟妇搬进去住着。你就收拾到苏州衙门里来。我和姬大人说，把今年束脩一千两银子都支了与你，拿到南京来做个本钱，或是买些房产过日。"当下鲍廷玺收了银子，留着他哥吃酒。

在鲍廷玺一夜暴富、大喜过望之时，仆人阿三却告知哥哥重病猝死的消息。

> 阿三道："……大太爷自从南京回来，进了大老爷衙门，打发

人上京接太太去。去的人回说，太太已于前月去世。大太爷着了这一急，得了重病，不多几日，就归天了。"

看到这里你心中便会冒出很多大大的问号：为什么？为什么？好哥哥刚出场就下线，出场的意义何在？鲍廷玺经历诸多苦难后不应该开始逆袭的爽剧路线了吗？作者可不管这些，也从不按照读者喜好安排因果报应，主打一个"出其不意"，而命运无常似乎才更接近生活的真相啊。

等细细回味，你才明白吴敬梓老先生的苦心，丝毫不避讳屎尿屁的描写，是让卑鄙与卑鄙相见，让我们看到道德沦丧后的自作自受，讽刺世事之荒诞；荒谬至极的乌龙案件，让我们思考到底是怎样的一个封建社会，让慈悲的人绝无慈悲，让善良的人不敢善良，讽刺人心之无耻；紧要关头人物猝死频发，极写命运之无常，让我们感叹真实生活里本就没有主角光环，这便是"闲笔不闲"的真意。恶搞是表象，生活的真相才是本色。

有小可爱会想，是否看了视频、漫画就不需要读原著了呢？当然不是。我更希望这本小书扮演的是一个导游的角色，当你没有勇气开启原著的时候，被错综复杂的剧情绕晕的时候，有疑惑的时候，会想起我这本小书，生出更多的勇气，继续读下去。

和我一起读《儒林外史》吧，一起破解故事的密码，读懂人物的"言外之意"，读懂每一处闲笔背后的深意。那时你会惊叹，吴敬梓先生有怎样一个聪明又智慧的脑袋，也会惊叹，中国文化里到底藏了多少宝藏。不必惊叹，去读就好了！

文章的最后，必须表达我对丁之境教授的感谢。我笑称他是这本书的"媒人"，有了丁老师的鼓励，我才会在琐碎的教学生活中依旧坚持我所爱的，才会有这本小书的诞生。感恩！

坚持做一件一件你爱的小事，生活不会回报你什么，但这过程就足以让生命闪光。与君共勉！

龚晓庆

目录

1

重要人物 IMPORTANT

《儒林外史》出场的第一个重要人物名叫周进。周进六十多岁，没有考中秀才，是一个名副其实的老童生。出场缘由是山东薛家集的家长要给孩子们请一个辅导老师。而周进教学口碑不错，上一个老板顾老相公请他辅导顾小公子，三年就考中了秀才。

村里请来了教书先生，当然要设宴款待。周进在众人期待的目光中出场了：黑瘦面皮，花白胡子，一身旧长衫，一双旧大红绸鞋，相当寒酸！"那右边袖子同后边坐处都破了"，连衣裳的补丁都带有鲜明的职业特征，好一个坐冷板凳埋头苦读的老书生！"一顶旧毡帽"，告诉我们他没有任何功名在身，只能跟老百姓一样戴毡帽防寒。

出场

既然是请教书先生，宴席的文化氛围要浓厚，这就请来了文化人——集上的新秀才梅玖作陪。

按年龄，梅玖算得上周进的孙子辈了，但依科举制度的等级划分，他却比周进高一等。看到六十岁的老童生进门，得意的梅玖"慢慢地立起来和他相见"，在旧毡帽面前，他的新方巾熠熠生辉。一听梅玖是新秀才，周进不肯越礼先入座，坚持让梅玖先坐，两人就站在那里尴尬地客套着。

不明所以的村里人就说："论年纪也是周先生长，先生请老实些吧。"在众人看来，当然是年长为尊，理应先入座。梅玖马上借机开始科普他们科举场的鄙视链："老友是从来不同小友序齿的。"什么是"老友"？明朝读书人有进学的称"老友"，哪怕他是十几岁的少年；"小友"则是没有进学的读书人，哪怕八十岁老头，也称"小友"。梅玖的意思很明确了，在科举系统里，他们可不是按年龄论尊卑的，潜台词是谁有功名谁尊贵。

气氛一度很尴尬，梅玖接着说："今日不同，还是周长兄请上。"意思是今天是特地为周先生接风的宴席，当然还是以周长兄为尊。周进见他如此说，倒大着胆子先作揖入座了。你看，进门不过几分钟，没进学的周进就被狠狠鄙视了。

吃饭时，周进竟然只吃斋饭，不碰荤菜。大家都好奇地打听他吃斋的原因。周进老老实实说来，因前几年老母亲生病，为保佑她身体健康持向菩萨许愿吃素，已经成了习惯。梅玖不顾话题的严肃性，司说想到了一个笑话，随即念起一首从顾老相公家听来的宝塔诗：

呆

秀才

吃长斋

胡须满腮

经书不揭开

纸笔自己安排

明年不请我自来

宝塔诗

梅玖觉得这首诗和周进形象异常贴切，便说出来博大家一笑。"'吃长斋，胡须满腮'，竟被他说一个着。"把周进的信仰和外貌当作笑话讲给众人听，这可一点也不好笑，更像是充满了恶意的人身攻击。可更尴尬的是，这顾老相公家的教书先生就是周进本人，也就是这首宝塔诗写到周进，呆、胡须满腮、吃长斋，最狠是这一句："明年不请我自来。"明年不用请，他还来做教书先生，暗示周进这么老连个秀才也没中，估计这辈子没希望喽。这首诗的创作者本就不怀好意，语带讥讽。梅玖不知内情，还自作聪明地补充道："秀才，指日就是。"气氛一度降到冰点。知晓真相的申祥甫一看如此尴尬，马上让梅玖敬酒缓解气氛，梅玖找补道："我不知道，该罚该罚，但这个话不是为周长兄，他说明了是个秀才。"啊，说了不如不说，更扎心了！梅玖并非天真、单纯、情商低，他只是太迫切地在一个落魄的失败者面前展示自己的优越感，一言一行都透着傲慢无礼。情商？眼力见儿？那是没有功名的人才需要的东西。

年轻人不讲武德!!

心痛

第一讲 周进——披荆斩棘的爷爷

3

自出场到吃饭，"功名"这把刀不知往周进心口扎了多少次，他黑瘦的脸羞得是红一块白一块，还"只得承谢众人，将酒接在手里"。苦酒端在手中，却终究是咽不下去。

几年后，周进时来运转，梅玖依旧是个秀才。秀才按时要进行学业成绩考核，梅玖因学业不精被主考官范进责罚领受戒尺，急中生智撒谎说自己曾是周进的学生。此时的周进已是国子监司业，主考官范进一听师出同门啊，免了他的打吧，并苦心教导梅玖要认真学习，莫要辱没师门。

再后来，梅玖回到观音庵——周进旧时开馆教学的地方。只见他恭恭敬敬拜周进牌位，见门口是周进曾经写的一副对联，他惊道："周大老爷的对联怎么能经受风吹雨打呢？必须装裱供奉！"谁人来看都得拜一拜才显敬意。随后他便指挥庙里的老和尚将这已然褪了色的对联供奉起来。

他一口一个"周大老爷"，恭敬非常。想当初不知是谁嘲讽周进是"小友"，又"呆"又"胡须满腮"，还"吃长斋"。只能说梅玖除了学业不精之外，挖苦嘲讽、攀权附贵都是相当精通的。

回到周进落魄之时，在被梅玖内涵没有功名之后又过了两个多月，已是春天，桃红柳绿。学堂来了一个大人物——王惠，三十多岁，举人身份。王惠上坟归来途中雨势渐大，进学堂避避雨。王惠一来，周进就赞说："老先生的朱卷是晚生熟读过的。后面两大股文章，尤其精妙。"语气很卑微，态度很恭敬。可王惠却说："那两股文章不是我作的。"周进一听，这么诚实？难道自己曝光有考场枪手？王惠继续说："虽不是我作的，却也不是人作的。"画风立即诡异起来，阴风阵阵。王惠开始回忆：那天初九，平时下笔很快的他在考场上打了一个盹，梦里被青脸人在头上拿笔点了一点，又被红袍金带人拍了一拍，醒过来后，如考神附体般写出了一篇神作。

一顿胡编乱造说得天花乱坠，仿佛自己中举是天命所归，他王惠就是天选之子，听得周进一愣一愣的。过了一会儿，七岁的小学生荀玫找周进批书法作业，王惠一看吃了一惊：梦里与自己同年中进士的人就叫荀玫，我竟然要和一个七岁小学生一同中进士？那我得多老才中，不可能！于是自我安慰说："梦也有不准的时候。"

看到后文我们就知道王惠又被打脸了，王惠果然与荀玫同年中了进士。只看现在，王惠说神道鬼，故弄玄虚，这却并不是他一人的"专利"。梅玖也说正月初一梦见大红日头落在他头上，果然这年考中秀才。无论是举人王惠，还是秀才梅玖，他们都是故弄玄虚的高手，在老实迂腐的周进面前发挥自己的编剧才能，尽情地展现自己优越的身份，享受来自失败者周进艳羡的目光。

闲谈后晚饭时间到，管家为王惠捧上鸡鸭鱼肉，王惠自顾自地吃，啊，真香。周进呢，一碟老菜叶就一壶热水就是他的全部晚餐。两人的生活水平对比多么明显。更可气的是第二天早晨王惠走后，留下一地的鸡骨头、鸭翅膀、鱼刺、瓜子壳，周进昏头昏脑扫了一个早晨。无礼的王惠，傲慢得让人察觉不到他的恶意和鄙夷。而卑微的周进此时怀着敬畏之心和不可言喻的自卑感扫着地。可"昏头昏脑"一词告诉我们他昨晚或许心有不甘，一夜无眠。

这就是周进中举前的生活。无论是梅玖，还是王惠，对于六十多岁没有功名的周进，没有尊敬，只有明嘲暗讽。

你可能会想，周进为什么不奋起反抗？为什么不勇敢地反驳回去呢？原因就是周进确实没有功名，更深层的原因是社会的价值观：不尊重读书人，只尊重有功名的读书人。

官本位思想

稻梁谋

有功名
UP
无功名
DOWN

读书人的身份与地位

稻梁谋

薛家集热搜榜

HOT↗

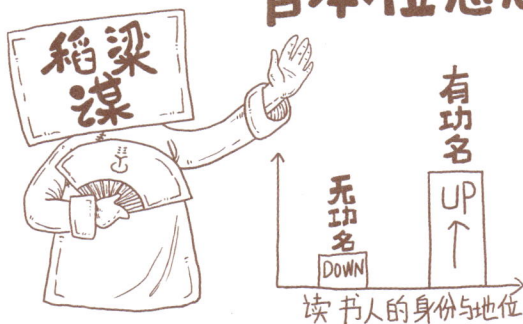

学而优则仕，有功名就可以进入特权阶级，就意味着有官做，做官就有权有钱、又贵又富。而身处其中的周进怎么可能"独善其身"！身心羸弱的他也绝无可能强大到对抗社会的主流价值观。他骨子里认可这种价值观，在面对别人的侮辱践踏时，他自卑痛苦，同时又无可奈何、心悦诚服。

周进和王举人见面之后，"七岁小娃荀玫和王举人同年中进士"的传闻就登上了薛家集热搜榜。

　　同样是学生，怎么待遇不一样？我的娃娃怎么就不能是进士？有人心理就不平衡了，村子里就有闲话传出来，说是荀家经常给周进送礼，所以有这等谣言。加之周进呆头呆脑不懂得巴结村里的绝对权威夏总甲，周进这教书先生的饭碗算是丢了。

　　丢了饭碗的周进只得跟随姐夫金有余当个记账员。你会想，当个记账员多好，可对于那时的周进来说，这是走投无路的选择，是最低贱的出路。上了省城，周进心心念念要去游览神圣的科举考场贡院。平时贡院可不是谁想进就能进的旅游景区，姐夫见周进可怜，便花钱买通了贡院工作人员，让周进进到贡院里参观游览。没想到，周进一见号板，眼泪就来了，长叹一声，一头撞在号板上，晕死过去。

　　号板是科举考试时供生员答卷兼睡觉用的木板，是平常的物件。可那是童生周进一辈子都没有用过的号板啊，那是希望，那是荣耀！周进已经记不清考过多少试，有过多少次的希望，又有过多少次的失望。可他人的嘲讽侮辱都清晰地刻在心上，一刀又一刀，让这一切终结吧，让荣耀来终结耻辱。"砰！"众人被周进的举动吓住，慌忙灌水，周进才醒转来。他醒了接着哭，满地打滚，丝毫没有六十多岁老人体弱多病的样子，不对，是端庄体面的样子。

稻梁谋

生无可恋

这时周进的情绪失控了。之前无论别人怎样挖苦，他都忍了。现在的他为什么突然崩溃？

一个人在生活中只要满足两个条件中任意一个都不至于崩溃：眼下有饭，抬头有路。眼下有饭吃，填饱肚子，甭管明天，先混着；抬头有路，嗯，坚持一下，还有希望，再苦再累，忍！而此时周进教书先生的工作丢了，沦落到给商人当记账员，读书人最后一点残存的体面都没有了，多么可耻。加之考了几十年都没中，他实在忍不下去了，绝望。满腔悲愤化作眼泪，直哭到口里吐出鲜血来。

命运到了绝处，转机也来了，众商人朋友有情有义，看他实在太可怜，给他花二百两银子捐了监，买了一个考试资格。

亲亲力为

周进这时不哭了，在地上磕头感谢。没想到，人品爆发，中举人，中进士，升御史，钦点广东学道，升任国子监司业，一路飞黄腾达。话说他担任广东学道时，在广州上任，虽请了很多看文章的相公，但他想着自己曾经淋过雨，如今也该为别人撑把伞，因此亲力亲为，以"不可屈了真才"为工作宗旨，尽职尽责。

当他看到年老落魄的范进时，马上联想到自己当年的倒霉样儿，细品文章的同时多加了一点同情分。同时坚决捍卫"八股取士"的权威，把畅谈诗词歌赋的魏好古叉出去，随后引出下一个重要人物——范进。至此，周进的戏份已经结束。

周进醉心科举、热衷功名，可这并不是槽点，他不过是那个时代价值观的呈现者罢了。透过周进，我们看到了科举制度下读书人所面临的精神危机：压抑的灵魂、麻木的心性和消失的才气。

压抑的灵魂
麻木的心性
消失的才气

八股文如何写好

科举制度下，读书考试与获得名利地位挂钩无可非议，从正面效果来看，对人才可以起到激励作用。但封建社会越是走下坡路，就越要用严厉的办法禁锢思想。越是腐朽，就越是不能让读书人接触现实，活跃思想。明清时期即是如此，八股取士应运而生。

八股文简单来说，就是全命题议论文，规定了内容和形式，但并不好写，毕竟一个考试要分出优劣。所有人将精力都放在钻研这种东西上，它没有任何实用价值。如果读书人不能通过科举走上仕途，他们也不能通过所学的知识谋生。一个人如果不能经济独立，那他的人格也很难独立。况且读书人只此一条实现阶级跨越的路径，找不到其他的可能性实现自我价值，名利心重则是必然的结果。

沉迷学习 日渐消瘦

像周进这样的社会底层百姓，一生追求科举功名以希求实现阶级跨越，但久试不中，森严的、不可逾越的身份等级，他人的侮辱，使他养成自轻自贱、逆来顺受的麻木心理，奴性自然而然地产生了。

错字连连

稻粱谋

稻好古

读完周进的部分，我发现最不重要的部分竟然是一个读书人的才气。唯一一处展现周进才学的细节我们来品品。童生魏好古急于表现自己，就对考官周进说："您考考我吧，诗词歌赋我都通。"周进一听，说："我们只考八股文，你提诗词歌赋？这不是没弄清考纲的狂人兼傻人一个吗？给我叉出去。"周进后又看魏好古文章精通，把他低低地取在第二十名。此时我们感受到他对这个狂妄却有才的年轻人的爱护。可后文在范进母亲的葬礼上，通过一个旁人的嘴告诉我们小魏相公"前日替这里作了一个荐亡的疏，我拿了给人看，说是倒别了三个字"。好个魏秀才，一篇文章错字连连，这时你都不知道吴敬梓老先生在讽刺谁了。

12

范进，因《范进中举》一文入选语文教材而家喻户晓。他喊着"噫！好了！我中了！"，傻笑着飞跑，成为我们记忆中可笑又可悲的一个符号。

过参引

《范进中举》

九年级上册

男主角

细读就会发现，范进和周进的人生经历很相似。两人都出身贫寒，考了几十年科举没考中，人到暮年突然人品爆发，科举道路异常丝滑，做官之路也畅通无比，从社会底层一跃进入上流社会，成为"人上人"。那吴敬梓写两个一样的人设不是重复了吗？当然不是。

论生活境遇，范进其实比周进更糟糕。周进好歹有一份教书先生的工作，年薪十二两银子，单身汉一个，一人吃饱全家不饿。

单身贵族

周进

13

范进有老妻、老母要养活，又是无业游民，一心只想考学。连考学的钱都只能找老丈人借，就这样他竟然从二十岁一直考到五十四岁。

范进命运的转机在于遇见周进。那天，主考官周进正悠闲地欣赏着考生们的风姿，一个老童生走进来，"面黄肌瘦，花白胡须，头上戴一顶破毡帽"。衣服"朽烂了，在号里又扯破了几块"。这寒酸落魄的样儿，不正是过去的自己吗？没承想，他竟第一个交卷，周进"用心用意"地看起范进的文章来，看完一遍后很不高兴："写的啥玩意，难怪考了这么久考不上。"丢到一边。

无奈考试时间太长，周进把自己的人生都复盘了一遍，还没有第二个考生交卷。他又想起刚刚那位衣裳都漏风的老哥，想再看一遍文章，说不定还有一点可取之处，结果一看，果然有些意思。期望太高时看作文，会觉得语言干巴、结构混乱、主题不清、污人眼睛。但如果有心去找闪光点，就会发现这个词用得不错，那个对仗很工整，有点意思。周进的心理期待发生了变化，感受自然不同。

这时老天有意助范进更上一层楼，送来一个最强助攻魏好古。这哥们儿急于展示自己的文学功底，要求周进单独出题面试，就对周进说："您考考我吧，诗词歌赋我都通。"周进一听就来气："我们只考八股文，你提诗词歌赋？"狂兼傻？"左右的，给我叉出去。"

有了魏好古的衬托，范进不就是模范生吗？清楚考试范围，人也谦虚。周进再次细品文章，简直是天地间之至文，字字珠玑啊，神作！周进郑重地填了第一名。范进中秀才，真得好好感谢魏好古的助攻。

没有对比 没有伤害

傻人

谦虚

　　周进的三次阅卷，也让我们看到范进考取功名的偶然性。这需要天时地利人和，你的成绩既取决于考官当时的心境，也取决于前后考生的水平。任一环节欠缺，范进都中不了。你可能会想，是不是范进就是沧海遗珠，才华一直被低估呢？后文中我们看到，张静斋与范进一同在知县汤奉府上谈古论今，张静斋把元朝进士、明朝开国功臣刘基说成是明洪武三年（1370）的第五名进士，范进也不甘寂寞，插嘴道："想是第三名？"一句话便暴露了他的无知。这样看来，范进着实是知识视野狭窄、全靠命运扶持的"天选之子"啊。这种进学的偶然性与科举决定命运的严肃性相映衬，更显得讽刺。

这些中老爷的都是
方面大耳
你也该撒泡尿照照
不三不四

中举前

　　范进中秀才后，丈人胡屠户提着一副大肠来庆贺。说是庆贺，言辞间却仍是鄙夷。胡屠户一口一个"现世宝穷鬼"，把女儿嫁给范进说成是"倒运"，把范进进学说成是自己"积德"，早已习惯被侮辱的范进唯唯连声。随后，胡屠户又端起架子教导范进立体统，万不可与那些扒粪的、种田的拱手作揖、平起平坐，得时刻注意自己的身份地位。你看，在一个杀猪匠的认知里，有功名就意味着有身份、有地位，从此你就不再是普通老百姓，不做些仗势欺人的事来，都不足以显出自己的高贵。

　　后来，范进还想继续拼一把乡试，苦于没有经费，又去找提款机胡屠户，胡屠户又是一波强势输出："中老爷的都是方面大耳，像你这尖嘴猴腮的，也该撒泡尿自己照照。"范进从才学到颜值都被狠狠羞辱了一番。"不三不四，就想天鹅屁吃。"单押完美，直骂得范进头昏脑胀，摸门不着。

第二讲　范进——跳泥坑的举人

咕噜噜……

空！

米缸

没有经费的范进依旧参加了乡试，回到家时母亲、妻子已经饿了两三天，眼冒金星，他只好抱着家中唯一的老母鸡去集市换米吃。

邻居接到范进高中的喜报，告诉正在卖鸡的范进。范进不信，被邻居拉回家看到捷报，才知道真中了。"捷报贵府老爷范讳进，高中广东乡试第七名'亚元'，京报连登黄甲。"多少年挑灯夜读四书五经，看过多少人的冷眼，受过多少次胡屠户酸臭的辱骂。好了！都结束了！从此，人人都得向他微笑致意，人人都得尊称一声"老爷"。他两手一拍，笑了一声："噫！好了！我中了！"

我中了！！

范进

说完，他便晕死过去。母亲忙灌开水，他终于醒过来。然后他一边拍手，一路狂奔，傻了，疯了，一跤跌到泥坑里，衣服滴着泥水又接着跑。这种狂喜简直没有什么别的办法释放出来，唯有疯，才能发泄。

众人商议后推举胡屠户打醒范进。胡屠户一改往日的跋扈，冒着被罚到十八层地狱的危险，大着胆子一个巴掌打过去，打晕了范进。苏醒后，范进恢复了理智。说也灵，胡屠户打完果然立刻觉得菩萨计较起来了，登时手就发颤。不想不要紧，越想手越疼，最后竟整个巴掌弯不过来，不得不"问郎中讨个膏药贴着"。从前凶神恶煞的胡屠户如今竟也有怕菩萨的时候。

叩阿！菩萨怪罪我了！

我这个贤婿才学又高品貌又好!!

中举后

范进中举后，胡屠户态度大转变，曾经一口啐在范进脸上的胡屠户现在毕恭毕敬地跟在范进后面，"见女婿衣裳后襟滚皱了许多，一路低着头替他扯了几十回"。曾经的"现世宝穷鬼"一下子变成"贤婿老爷"，"尖嘴猴腮"现在是"体面的相貌"。人生如戏曲，变脸如演川剧，切换自如。

不仅仅是胡屠户，邻居们也殷勤得很，见范进高中，乡里人送田产，送店铺，还有直接上门当奴仆寻求庇护的。乡绅老爷张静斋也闻讯而来，拉着手攀亲戚送银子，豪爽送出三进三间大套房。就这样，范进一夜暴富。

一夜暴富

开心死了!!

命运的转盘转得太快，把范老太太可整晕了。她的灵魂还停留在旧时的茅屋里，结果一天醒来，突然搞不清了：这在哪里？这是什么情况？被告知这大房子、这许多仆人使女、精致的瓷盘银筷竟都是自己家的。突如其来的富贵，抑制不住的狂喜，老太太直接开心——死了。

范进中举发疯，范老太太开心而死，读来荒谬之极。可吴敬梓就是想通过这荒谬的故事告诉我们真正荒谬的是当时的制度和社会风气。

悲从中来 喜从天降

周进久试不中悲撞号板，范进一朝得志喜极而疯。一悲一喜，两条相似的生活道路，两个同样扭曲的灵魂，揭露了科举制度下的世态炎凉，写足了势利风气及其对寒士的煎迫。但吴敬梓写两个相似人设用意却不尽相同。透过周进，我们更多看到的是读书人内部的鄙视链，举人王惠—秀才梅玖—童生周进，鄙视链末端的周进受尽侮辱、人格扭曲，甚至想放弃生命。而透过范进，我们更全面地看到了社会各个层面的冷漠和势利，这些人的眼光和口舌如刀子一样，让你无处可躲。

　　刻画最精彩的莫过于胡屠户，他并非大奸大恶，对女婿也并无伤害之心。他甚至会替老太太和女儿吃不饱饭难过，喊她们上桌吃好吃的。范进想继续冲乡试时，胡屠户劝告他不要痴心妄想，只因前三十四年的考费都打了水漂，他并没有义务要替范进养活家人。他提议"我替你寻一个馆，每年寻几两银子，养活老母和你老婆是正经"，这也是肺腑之言，但这并不能消解他的鄙俗。嫌贫爱富、趋炎附势在这个粗俗浅薄的人身上，展现得更为赤裸。

民间变脸说唱大师

除他之外，邻居们也是如此。中举前见范老太太饿肚子有人送鸡蛋吗？没有。中举后鸡蛋、白酒、米、鸡都送来了。只是因为范进一朝得志，他们想从中获得好处罢了。从此这些人摇身一变，成了范大老爷的旧识，哪个乡户人家的驴和猪敢放到自家田里吃庄稼？这里面最豪气的莫过于张静斋了。赠银赠房，真好啊。别天真了！只看他为了侵占田产设计陷害僧官，就知其人品低劣。简单来说，他不过是在投资，今日下重本，是为了来日收获更大的利益罢了。

范进中举后还有什么故事呢？因古代至亲去世须守孝三年，不远行，不食荤酒，因此范进暂不能参加会试。居丧期间，张静斋却怂恿他到知县汤奉府上，既是拜老师，"高要地方肥美，或可秋风一二"，又可以设法捞点银子安葬老母。"不知大礼上可行得？"

刚开始犹豫的范进在张静斋的"言传身教"下，胆子大起来了，脸皮厚起来了，脱下孝服，穿上吉服拜见县长。考中功名要拜知县为老师以表敬意，是惯常操作，可为什么这一趟旅行还可以捞银子呢？看下去你就懂了。

知县汤奉设宴款待范进，席上有燕窝、鸡鸭、鱿鱼、苦瓜，荤素搭配，银杯银筷，是范进人生中从没见过的豪华大餐，可范进"退前缩后"不肯吃。

旁边张静斋就替他解释："先生是遵制，想是杯箸太过华丽不肯用。"换！银筷子换成象牙的来，还是不肯吃。

接着换！换成竹筷子，范进终于吃饭。

干饭人！干饭魂！

竹筷子

家丁

知县心想："范进如此尽礼，如果不吃荤，那就糟糕了。"这时只见范进在燕窝碗里拣了一个大虾圆子送进嘴里，知县这才放心。

看过没！脸蛋大的虾球老铁们

这范进守制也就故做表面功夫罢了，只是前面的那一顿换筷子的操作未免过于做作了，幸好知县家筷子多。至此，范进的形象愈加清晰起来。中举前，范进迂腐麻木、胆小懦弱，对于他的中举发疯，我们更多的是同情。中举后与张静斋推杯换盏，老实人范进不老实了，摇身一变成为世故圆滑的社交牛人。此时，表面守制的范进也已展现出虚伪做作的底色。

　　说回来，举人范进到底才华如何？是否当得起周进"天地间之至文"的赞叹呢？有一个细节这样写，你品品。那时范进已做了山东学道，这里刚好是周进老家。周进就托他关照自己的学生荀玫，你懂的，范进当然也懂。考试结束，范进就开始翻找荀玫的试卷。其间，少年幕客蘧景玉就联想到一个故事，说有个老先生，钦点四川学差，上任前和好友喝酒，好友就想四川那不是大文豪苏轼的故乡吗？好友感慨："苏轼的文章，放在现在是该考六等的。"六等，即秀才岁考最低等，言下之意是苏轼的文章不合八股文的章法。哪晓得老先生谨记于心，上任三年都在等苏轼来考，苏轼却迟迟不来。

qú
蘧景玉

我仿佛听到有人说我帅

苏轼

第二讲 范进——跳泥坑的举人

　　这个笑话你听懂了吗？苏轼是宋朝人，哪能穿越到明朝考八股文呢？四川学差竟不知苏轼是谁，这已经很尴尬了。没想到范进接了一句话："苏轼既文章不好，查不着也罢了；这荀玫是老师要提拔的人，查不着不好意思的。"话一出，场面更加尴尬，好在旁人情商智商双在线，没有戳穿他。堂堂四川学差、山东学道都不知苏轼为何人，这是吴敬梓在讽刺八股取士制度选出的人才只知八股、视野狭窄，才学相当有限。而"天地间之至文"，当然仅仅是来自同道中人周进一时的偏爱罢了。

科举制度是选官制度，选拔出来的官员如何行事？《儒林外史》里详细描写了两位官员——汤奉和王惠。

汤奉，广东高要县知县，由范进的故事引出。值得说的是他处理的两起案件，一个是"偷鸡贼"案件，一个是"回族老师傅送牛肉"案件。

第一个案件跟鸡有关。有个偷鸡贼，是个惯偷，反侦查能力有限，总是被抓，又死性不改，又一次落到汤奉手里。打也不怕，如何是好。我们的汤知县灵感迸发，想出一个妙招：用红笔在他脸上写"偷鸡贼"三个大字，取一个枷枷了。把他偷的鸡，头向后，尾在前，捆在他头上。谁知那鸡一紧张，哗啦一声屙出一泡稀屎来。鸡屎从那人额头上流到鼻子上，胡子连成一片。汤奉可能想的是，叫你偷鸡，那就让你与鸡来个亲密接触，让你心理上就对鸡产生嫌恶，看你还偷不偷？

27

第二起案件跟牛有关。范进到汤奉府上打秋风，席间汤奉说起自己是教徒，平时只吃个牛羊肉。如今朝廷禁宰耕牛，上头管得严，连吃的牛肉都没有了。作为使用最普遍的耕畜，牛是古代农业生产的最重要助力，因此为保障农耕，朝廷禁宰耕牛并严格执法。汤奉只是没有牛肉吃，回族人很多做的是屠宰牛和牛肉买卖的生意。朝廷禁宰耕牛，这不是断了他们的生计吗？

此时正好有人备了五十斤牛肉，推举一位有声望的老师傅向汤知县求情，求汤知县略宽松些。同样是教徒、爱吃牛肉的汤知县一时没了主意，向之前做过知县的张静斋求计。张静斋表示这可是个炒作的好机会啊。捉拿老师傅，打几十大板，取大枷，把牛肉堆在枷上，写个告示昭告天下，分分钟上热搜榜第一，热搜题目都给你想好了！

热搜都上了，上级能不知道吗？升职加薪指日可待！汤知县一听觉得太牛了，第二天就实操。

老师傅上堂，汤奉大骂一顿"大胆狗奴"，重责三十板，取一面大枷，真把那五十斤牛肉都堆在枷上，老师傅的脸和脖子被箍得紧紧的，他只露出两只眼睛，在县衙前示众。因天气炎热，枷到第二日时，牛肉生蛆；第三日时，老师傅便死了。开局很顺利，结局很意外。本想把偷鸡贼那套复制过来，博个热搜就算了，没想到闹出了人命。

单看汤奉处理的两桩案件，这一番随心所欲的操作，其实是古代法制不健全的常态：一个地区的管理很大程度上仰仗该地官员的道德水平，而不是健全的法律法规和得力的监督机制。而汤奉就正好让我们看到道德水平低下的官员治下的百姓是多么悲惨，他的这种随心所欲有多么恐怖。

　　为民谋福才是好官。作为地方官，汤奉本可以为回族居民请命，依法向皇帝上奏建议考虑宗教信仰及饮食禁忌的特殊情况，不可一刀切，给回族居民留一线生机。但汤奉显然没有这种担当精神，本着为自己升职加薪考虑，丝毫不体谅百姓难处，私自用刑，严惩老师傅。

　　老师傅本是众人推选的代表，即便要担责，也不应由他一人承受。但汤奉显然也没有这么细密地考量，他迫切地想要上热搜升官位，于是老师傅遭殃了。

　　若真以"行贿"论处，以明律"坐赃致罪"条规定，通算总额折半（以二贯作一贯）科罪，一贯以下笞二十，其余按照多寡分别处罚笞、杖、徒刑，五百贯以上，罪止杖一百，徒三年。简单来说，即便以最大的金额、最重的惩处，也就是"杖一百，徒三年"，罪不至死。但汤奉随心所欲惯了，显然也没有这样严谨地考量。他随心所欲，随的是私心，从的是私欲，滥用刑罚、草菅人命。

　　事情闹得太大，汤奉只好用绳子系了张静斋和范进偷偷放出城去。对于他自己，他依然胸有成竹："我至不济，到底是一县之主，他敢怎的我？"相当自信！

　　上级部门前来问责。本案中，汤知县滥用权力，私自加了五十斤牛肉的枷号酷刑，使人无端送命。谁料按察司没有严斥他"草菅人命"，也没有"撤职查办"，仅是说他"忒孟浪了些""且回衙门去办事，凡事须更斟酌些，不可任性"。话题结束。

　　也正因此，《儒林外史》中，道德水平高的官员没有上升空间，最后被撤职还被人鄙视"不会做人"，如后文中的杜少卿老爸；道德水平低下的官员与监管部门相互勾结，反而步步高升。

　　这是汤奉，再说王惠。同是通过科举制度进入官场的"学霸"，两者有什么不同呢？

　　王惠，在第二回出场，出场时已是举人。当年他在周进的学堂避雨，见七岁学生荀玫找周进批作业，大惊：梦里的自己与荀玫是同榜进士。

小学生？

王惠

荀玫

科举荣耀

段位 王者

不可能，绝对不可能。后来他真就与荀玫一同中进士，那年王惠五十岁。说说荀玫，他是周进的学生，范进任山东学道时周进就托他关照，结果范进发现人家本身就是"学霸"，哪用照顾？秀才、举人、进士，读书人的楼梯，荀玫以最快速度噌噌噌爬到了顶端，妥妥的王者。

王惠和他是同年中进士，又是同乡，火速赶来结交。见面便亲热地拉着手说起曾经的梦，直言我们是"天作之合"，对，你没听错，就是"天作之合"。

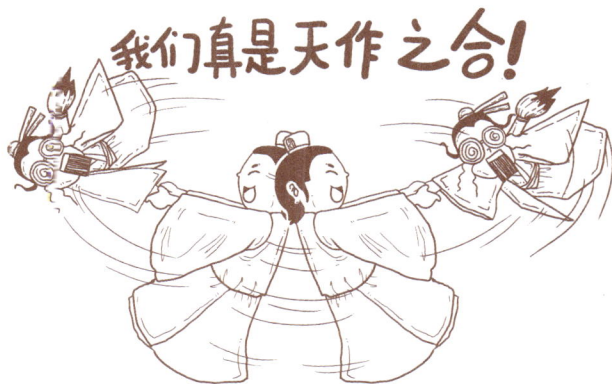

我们真是天作之合！

前途无量 仕途无望

　　王惠看荀玫房子小，直接让人把荀玫的行李搬到自己京里的大房子，与自己同住，好似对待失散已久的亲兄弟。后荀玫家老太太去世，王惠更是请假同荀玫一起回乡帮他料理丧事，并豪掷上千两银子置办世纪风光丧礼。王惠真仗义！当然，对比对待穷教书先生周进的态度，那是相当仗义。周进穷酸，仕途无望。荀玫乃"学霸"，前途无量。花多少钱投资荀玫都值得，因为荀玫可是一只只赚不亏的股票啊。王惠仗义吗？不，他只是个利己主义者罢了。

　　不仅如此，按照规定，两人考中进士后还须参加考选，考选后才能实授官职。正是官职升迁节骨眼上，又逢着荀老太太去世，按丁忧制度荀玫须再等三年。此时王惠却怂恿荀玫瞒报此事，等考选的事定了再说。虽然后来多方打听证明此路不通，但我们从中依然可看到王惠的无底线——为谋求官位胆子大到可以为所欲为，而荀玫单纯没主见，成功被王惠带偏。最后荀玫贪污堕落被抓，王惠"功不可没"。

说回故事，后来王惠担任江西南昌太守，工作交接办得并不顺利，只因原先的蘧太守实在太过清廉，没给他剩点银子。直到蘧公子承诺把两千多银子交给他填补空缺时，才满心欢喜。交接完毕的酒宴上，两人推杯换盏，蘧公子谈他的隐士理想，王太守论他的升官发财，两人根本不在一个频道。席间，王惠慢慢问道："地方人情，可还有什么出产？词讼里可也略有些什么通融？"言下之意是哪里可以捞点银子。蘧公子内心鄙视，便讥讽王惠说："以前这府里有三样声息：吟诗声、下棋声、唱曲声，以后只怕要换成戥子声、算盘声、板子声。"

那是那是

吟诗声·下棋声·唱曲声

戥子声·算盘声·板子声

贵重金属专秤

来～入库

　　王惠错以为蘧公子夸赞他执法严明、治理有方，没听出讥讽之意。后来王惠果然定了一把头号库戥，用来称贵重金属，不得隐瞒，全部入库充实自己的钱袋子。

又定了两把头号的大板子，写了暗号在上面，一轻一重。断案时吩咐用大板，如果差役用轻的，那肯定是私下得了好处，罚！直打得差役魂飞魄散。百姓更是不用说，噩梦的主角就是王太守。上司访闻，王惠为官清正，尊其为"江西第一能员"。

恰逢宁王造反，朝廷最需要这样的能员。王惠升职加薪，担任南赣道，直管军需，镇压反贼。结果宁王破城，入职不久的王道台火速当了逃兵；逃便逃吧，还被宁王抓了。王惠吓得发抖，一眼也不敢瞧宁王。

宁王

我对你的敬仰就如滔滔江水连绵不绝……

没想到世界很小，宁王竟也仰慕"能员"名气，亲手松绑，当即表示"你如肯归降，我升你的官爵"。王惠感激涕零，叩头如捣蒜，马上表示愿意归降。

很快地，宁王势力就被王阳明镇压，王惠抓住机会再一次火速逃跑，这次总算逃跑成功。风光一时的"江西第一能员"出家做了和尚，不知是不是"天下第一能僧"？

贫僧法号王跑跑

贪狼懦

稻粱谋

以上便是王惠的主要故事线。王惠贪、狠、懦。一上位便问当地有什么出产，挖空心思捞钱，这是贪；对下属、百姓执法严苛，心狠手辣，这是狠；国家危难之时，火速逃跑，火速归降，贪生怕死，这是懦。他为人不堪至极，但这样不堪的人反而节节高升，我们可以设想，如若没有宁王反叛一事，王惠定会青云直上，可笑，可悲！

听到这里，你会觉得汤奉和王惠相比，汤奉就是个青铜级别选手啊。如果说汤奉是朝廷大厦里的小蛀虫，那王惠便是大蛀虫；蛀虫多了，再华丽的大厦也将倾倒。

小蛀虫

大蛀虫

舍生而取义者也
两者不可得兼
义，亦我所欲也
生，亦我所欲也

　　一个时代的知识分子，本应是和平社会里的良心，唤醒沉睡的灵魂；是国家危难时的火炬，照亮黑暗的泥沼，引领人民前往更光明的所在。如孟子所说的"生，亦我所欲也；义，亦我所欲也。二者不可得兼，舍生而取义者也"，对道义的尊崇和坚守，是人之所以为人最珍贵的品质。愿读书的各位都能坚守道义，成为和平社会里的良心。

《儒林外史》里还有一类存在感非常强的人，既不是读书人，也不是官员，他们叫"乡绅"。科举制度是选官制度，但真正做官的只是一部分人，另外一部分人去哪儿呢？他们就构成了士绅。士绅是指通过科举获得特定身份的人，但发展到后来并非只有通过科举考试才能成为士绅。当政府财政压力增大时，"士绅地位"又有很大的市场需求，便产生了买功名的现象。

书中的严贡生和严监生就属于这一类。贡生和监生不是名字，而是他们的功名身份。

先看哥哥严贡生。

范进与张静斋到高要县汤奉处打秋风，因汤奉外出，两人只好先在关帝庙等候。这时严贡生不知从哪儿冒了出来，素昧平生却献上一桌好酒好菜。此乃其热情好客尽地主之谊？非也非也，我们且看他的表演。他先说明自己是与"汤父母极好的相与"，凭空杜撰了一出极其肉麻的戏码：汤奉初上任，几十人迎接，可汤知县那双眼只看着他一个人，真是"我的眼里只有你"；后又被邀进府，汤奉以礼相待，与他就像是相与过十几年的老友一般。

一套说辞哄得范进和张静斋对他肃然起敬。这时他终于可以说出此行的目的了："我这高要，是广东出名县分，一岁之中，钱粮、耗羡，不下万金……像汤父母这个做法，不过八千金；前任潘父母做的时节，实有万金。他还有些枝叶，用着我们几个要紧的人。"简单来说，他指出新知县汤奉的"捞钱本领"不到家——本可以捞万金的，却只捞了八千金，如果重用我，我可以帮他搞定；那些"枝叶"。潜台词很明显：希望范进和张静斋向汤奉推荐自己这个要紧又会捞金的人。

特长　捞金

他不是自称和汤奉是极好的相与吗？还用推荐？你品一品就知道孰真孰假了。且看他这一连串丝滑的表演，听闻范、张两大老爷是知县的关系户，情报属实，马上设宴款待异乡客，为的就是结交官府，攀附权贵，行动够迅速，人品够低劣。这时你便懂得为何张静斋和范进只需走一趟便可以捞银子了吧。路上有大把等着巴结新举人的人呀，张静斋可太熟悉这一套流程了。

这时话已挑明，严贡生担心范张二人会鄙视他的为人，他便开始塑造自己的人设："实不相瞒，小弟只是一个为人率真，在乡里之间，从不晓得占人寸丝半粟的便宜。"话音刚落，小厮就跑进来报告："早上关的那口猪，那人来讨了，在家里吵哩。"打脸来得太快，戏剧效果直接拉满。可他心理素质极强，脸不红心不跳极其诚恳地解释："这猪本来就是我的。"猪到底是谁的呢？

镜头转向公堂，严贡生是被告人，竟有两个原告。案件一是这样的：严贡生家刚下了小猪崽，错走到了邻居王大、王小二家，他借口"猪到人家，再寻回来不吉利"，硬逼着邻居买了小猪崽。

等猪长到一百多斤，又错跑回了严家，正常人的思维是送回去啊，他偏不。他把肥猪扣住，说"猪本来就是我的"，自动跳过之前卖猪收钱的那段记忆。王大上门讨猪，结果被他几个生狼一般的儿子打折了腿，因此王小二替哥哥王大喊冤。

案件二的被告依旧是严贡生，一个叫黄梦统的农民打算向严家借二十两银子交税钱，托中介提前写了借条给了严家。路遇乡里有良心的亲戚，叮嘱他千万不要借严家的银子，所以借条拿去了，银子没拿。

我借条都写好了，想问严家借二十两

不！你不想

过了半年，黄梦统才想起要回借条，结果严贡生竟向他讨要利息。黄梦统想："我没借钱，哪里来的利息？"严贡生一本正经地说："这二十两银子等着你来借，等了大半年，本来它可以生很多利息的，都被你的借条给耽误了。"

后来，黄梦统没钱还，严贡生直接扣押了他的驴和米袋子。黄梦统走投无路，这才告上公堂。汤知县大骂严贡生一介乡绅横行霸道："抓起来！"官府差人来提，却发现他早已跑路。

欺压百姓，贪婪无耻，以上都只是他的常规操作。他如果认真起来，那就更是一出好戏。严贡生家的二公子娶了亲，十二两银子雇两条船送新娘新郎回家乡高要县。眼看快到目的地了，严贡生突然头晕起来，仆人来富同四斗子架着他，站都站不稳，秒变林妹妹。病情有了人证后，便取了几片云片糕顺一顺气，放了两个大屁就好了。

给我止吐 神药

吃完后，将剩下的云片糕故意放着，"半日也不来查点"，好像不要了。馋嘴的舵工顺手吃起来，严贡生"只作不看见"。

这香味!!

舵工

船靠岸后，他突然慌里慌张找药，众人不解，哪里有药？舵工老实，便随口一说："想是船板上那几片云片糕。那是老爷剩下不要的，小的就大胆吃了。"吃者既然已经承认，接下来就到了展现演技的时候了。只见严

贡生暴跳如雷："放你的狗屁！我因素日有个晕病，费了几百两银子合了这一料药，是省里张老爷在上党做官带了来的人参，周老爷在四川做官带了来的黄连！""我将来再发了晕病，却拿什么药来医？你这奴才，害我不浅！"

且看严贡生严谨的逻辑思维。晕病刚刚已经表演过，神药药到病除也有目共睹，不容你不信啊。他马上叫四斗子送帖子："送这奴才到汤老爷衙里去，先打他几十板子再讲。"四斗子就要上岸告官去，吓得船家求严老爷开恩，哪还敢要那十二两银子的船钱？最后严贡生上了轿，扬长而去。船家眼睁睁看着他走掉了。

船家怕的不是严贡生的演技，而是他的权势。"巢县正堂"的金字牌，一副"肃静""回避"的白粉牌，哪怕是借来的，那威严却是真真切切。嘴里"省里张老爷"、四川"周老爷"、"衙门里相与的汤老爷"，名头大得吓死人。从前文得知，严贡生只是汤知县捉拿的逃犯，而"张老爷""周老爷"也不过是他张口就来的谎话，可这些却是百姓提也不敢提及的名号。老实巴交的舵工，怎斗得过有八百个心眼子的严贡生呢？

看到这里，你会发现严贡生不仅是最佳辩手，更是奥斯卡金像奖最佳男演员。手到擒来的表演、炉火纯青的演技，让人惊讶。对他来说，欺压百姓、敲诈勒索，很有一套。对别人如此算计，对家人又如何呢？

弟弟严监生去世后，赵氏送了两套衣服和二百两银子给严贡生留个遗念。严贡生没有丝毫伤心，看见银子满心欢喜。吊丧时叫声"老二"，干号了两声，拜了两拜。表演结束，多一点的表情都不愿意给。

赵氏询问严监生立葬在何处，是否可以葬祖茔？严贡生说："祖茔葬不得，我要同二相公到省里招亲，等我回来斟酌。"言下之意是不让葬祖坟，此时张罗儿子的婚事要紧些，随后他就带着二儿子急急忙忙、风风光光地办婚礼去了。你虽然气愤，可家族伦理摆在那儿，谁叫人家是"大房"呢？此时让人气愤的还仅仅是不让弟弟葬祖坟罢了，幸好严贡生还没惦记上弟弟的家产，因为此时小妾赵氏已扶正，带着个好儿子，继承家产，名正言顺。

可命运总爱开玩笑，弟弟严监生家十几万银子的家产唯一的合法继承人——赵氏的儿子出天花死了，母凭子贵的赵氏一下子孤立无援。

赵氏想让严贡生过继一个儿子给她，她看中的是年幼的五儿子，这样她依旧是当家人。可赵氏明显低估了严贡生的无耻程度。严贡生怎么可能放弃这千载难逢吞掉二弟家产的好机会呢？他直接无视赵氏由妾扶正的事实，将自己已经成家的二儿子拨过去住正房，让赵氏住偏房，还美其名曰："我们乡绅人家，这些大礼，都是差错不得的。"

赵氏不服，与严贡生打官司，从高要县到肇庆府，再到广东省，结果如何，作者并未马上告知，而是在后文无意中透露严贡生成功霸占弟弟七成家产，赵氏只分到三成。严贡生侵占弟弟家产，却还如此嚣张，只因为按照传统伦理观念，严贡生到底是严家的"正经主子"；加之平日里他凭借乡绅的势力、流氓的狡诈、无赖的手段成为族中第一恶霸，真真是无人能敌了。

儒林外史
人品地板
第一名
还有谁？

我们再看弟弟严监生。严监生因入选小学课本而为大家熟知，最出圈的情节是临死前已口不能言，却伸着两根指头不断气，有未了心愿。

LOVE & PEACE

老爷貌似人担心灯芯的事

老爷你在说啥?

呜呜…

旁人纷纷猜测"是不是有两个亲人不曾见面""是不是有两笔银子没吩咐明白"，都不是。赵氏会意说老爷是见灯盏里点两根灯芯费油，忙去挑掉一根灯芯。严监生这才点一点头，放心地断气。此事造就了他"中国葛朗台"——经典吝啬鬼的人设。单看他临死还心疼灯油的操作，肯定是个吝啬鬼。但读原著，你就发现大错特错。

严监生由严贡生的故事引出，出场时吴敬梓就把人设定好了——胆小有钱。哥哥严贡生惹了官司跑路了，官差找到严监生，照理说他和哥哥早就分家，大可以置之不理。

分田家

45

　　但他胆小，拿着官府的传票，心里着急：怎么办？怎么办？他忙去请文化人——两位大舅哥王德、王仁来商议，既不敢得罪官府，又自知不够强势说服不了家嫂和几个"生狼"一般的侄子，只得自己掏钱摆平官司。过了几天，还专门整了一桌酒席感谢王德、王仁出谋划策。小妾赵氏扶正，又送给见证人王德、王仁每人一百两辛苦费。面对妻子王氏的不治之症，依旧每日四五个医生用药，都是用人参、附子之类的名贵药材。

　　后来正妻王氏去世仅丧事就花了四五千两银子——咱想想周进做教书先生的年薪是十二两银子，范进母亲去世花费三百两银子——这排场应该算得上全书首富。一笔又一笔的银子哗哗地用出去，但严监生丝毫没有表现出心疼的意思，这对于一个守财奴而言简直是不可想象的。

　　其中和"吝啬"沾边的就是"给儿子买猪肉"的事，他说："不瞒二位老舅，像我家还有几亩薄田，一家四口度日，猪肉也舍不得买一斤，小儿子要吃就买四个钱的哄他。"把巨额家产说成"几亩薄田"，严监生明显是战术谦虚，给儿子买猪肉的说辞只能说他持家节俭。

老板，来四个钱猪肉就好了。

你想考验我刀功吗？

纵观严监生全部戏份，你会疑惑，作为巨富，守着那么多银子，竟然活得如此卑微。为什么？一方面是他性格胆小懦弱，另一方面是他在家族里天然处于弱势地位。按照传统的宗法伦理，长兄如父，在一个家族里有绝对的话事权。

严监生深知他哥哥的人品，他的策略是惹不起，我还躲不起吗？于是处处节俭抠门，唯有这样才能强大到不被哥哥算计。甚至他时时刻刻都要理性克制，妻子王氏还未断气之时就急急忙忙把赵氏扶正，"明日清早就要请二位舅爷说定此事，才有凭据"。如此急不可耐，让人觉得过于冷血无情。

或许他更偏爱赵氏？可从后文中我们发现并非如此，他常常因思念妻子王氏，哭了一场又一场，直至神魂颠倒，积郁成疾，确是一个深情之人。那他为何如此急于扶正，且明明白白要"立凭据"？只因为他知道要保住家产，唯一可依托的便只有小儿子，因此必须让赵氏名正言顺，而且要依靠两位舅爷的功名身份来压制族人的口舌，因此要快！可造化弄人，最终厚颜无耻的严贡生竟凭借无可辩驳的宗法伦理，把弟弟辛苦挣的七分家产轻松抢到手。

哥哥无底线、气焰盛，关键是连买的功名地位都比他要高几个级别，对此严监生耿耿于怀。他把希望寄托于有功名在身的两位舅爷王德、王仁身上，期望他们照顾小儿子长大。"教他读读书，挣着进个学，免得像我一生，终日受大房的气"，可见有钱的严监生心里最大的伤疤是一辈子无功名。

拜托二位舅爷

王德

王仁

　　虽然如周进一般捐了监，但是他并没有像周进一样中举做官，也就只是一个虚名而已。全书有一个值得玩味的细节：严监生和王德、王仁一起玩骰子——行状元令，可玩到半夜，那骰子竟像知人事似的，严监生竟然一回状元也不曾中。王德、王仁"拍手大笑"，严监生怕是有苦说不出。

　　严监生不是周进，他并非处于社会底层，而是有着很多银子的大富豪，却依然谨慎卑微。由此就可以知道"科举功名"的威力有多大了。没有功名，没有地位，拥有再多的钱也保不住。

稻梁谋

善有善报 恶有恶报

　　严贡生、严监生的故事更让我们唏嘘，好人早死，坏人得利，一点都不符合我们对善有善报、恶有恶报的道德期待。人生本无常，普通人从来都没有主角光环。在那个势利冷漠的社会里，恶人大多不会受到惩罚，反而顺风顺水，继续作威作福；而善者也不一定有福报。这是吴敬梓向我们传达的一种深沉的悲哀。

科举制度是选拔人才的制度，能通过层层选拔的人毕竟是少数，即使如周进、范进这种暮年得志的，也是少数的幸运者。还有很多科场的失意者，他们须寻求其他路径来获得心理满足，这就产生了所谓"名士"。

名士系统

稻粱谋

真名士才华横溢，时运不济时往往选择隐居山林陶冶性情。虽退隐江湖，可江湖上始终有他的传说。朝廷为了网罗有声誉的学者和名士，就向这些人抛出橄榄枝，此为"征辟"。有些人就开始营销"高人"人设，无才无德却妄想走终南捷径，以求富贵，这就产生了一些假名士。真真假假，难以分辨。

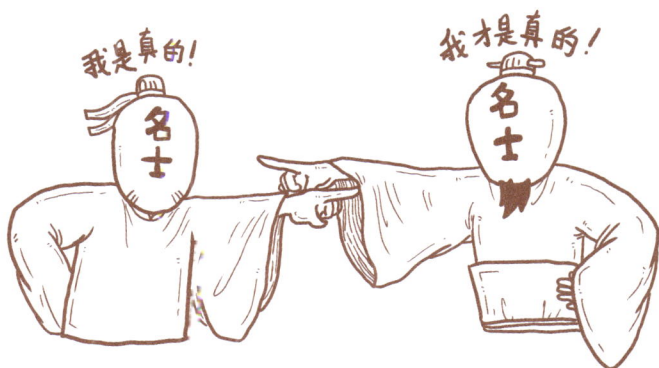

我是真的！   我才是真的！

名士   名士

　　今天介绍的名士是真是假？读完故事后，你来定夺。

　　我们先来认识中心人物娄三、娄四公子，是他们引出了后文的杨执中、张铁臂、权勿用等一众奇人。娄三、娄四是妥妥的官宦子弟；父亲是内阁大学士，相当于皇帝秘书；哥哥是现任通政司大堂，官居三品。

我哥是通政

　　他们荣华富贵不缺，但就是科举欠点东风，三公子是举人，四公子在国子监读书，都未能中进士、当大官，因此一肚子牢骚不平，经常说些不当言论。他们哥儿俩有多敢说呢？在京时，醉酒后常说："自从永乐篡位之后，明朝就不成个天下！"听的人都不敢附和。

　　为求民情能够上达，明朝设置通政司。通政司负责打包内外奏章和臣子百姓来信，密封直接送到皇帝面前，皇帝当面拆开，百官瑟瑟发抖。主管通政司的哥哥当然知道弟弟们的言论有多危险，于是就把这一对"福娃"打包送回了老家浙江湖州。

一路顺风！

通政

湖州

成王
成祖

败寇

回到老家，和姑父蘧太守说起最新热搜——宁王反叛的事，四公子大发高见："宁王此番举动，也与成祖差不多。只是成祖运气好，到而今称圣称神；宁王运气低，就落得个为贼为虏，也要算一件不平的事。"明成祖朱棣发动靖难之役，成功篡夺建文帝皇位。在蘧四公子看来，宁王只是篡位不成功罢了，言语中有些不平。

这番惊人之语吓得蘧太守赶紧提醒："本朝大事，你我做臣子的，说话须要谨慎。"哥儿俩有钱有闲，却总觉得知音难觅、灵魂寂寞。

从姑父家返回自己家的路上，他们偶遇替自己家看祖坟的老管家邹吉甫，喝点乡下的水酒，老人家就感慨："永乐爷掌了江山，不知怎样的，事事都改变了。连酒都这般淡薄无味。"哥儿俩一听这话怎么像是从自己口中说出来的？邹吉甫一个乡下的老实人，哪知道这些道理？一问才知，这话源自村里的一个读书人，名叫杨执中。

杨执中

管家

穷乡僻壤里遇知音，难得难得！哪知这杨执中竟惹上官司，被商人一纸状书告倒，在牢里一年多了。兄弟俩感叹世态炎凉，如此高人竟不得不向生活低头，被商人凌辱，可惜可惜！

世态炎凉

致敬！！

兄弟俩记在心上，查明杨执中原是盐店管事，不守本分，致使亏空七百多两银子。老板告上公堂，杨执中又没钱补齐亏空，被拿在牢里。转身兄弟俩拿出七百五十两银子交付仆人晋爵，让他去补齐方空，并写名帖交给知县，说明"杨贡生是娄家老爷们的朋友"。他们特地交代晋爵：杨执中出狱后不必告知他内情，哥儿俩就是要这种神秘感。精明能干的晋爵只花了二十两银子就摆平了案子，因他吃准了娄府权势大，知县一定买账，剩下七百三十两银子都是晋爵笑纳。虽无一句写权势，却处处是权势的味道。

真英雄！！

简直是指引我的明灯！

过了一个月，也没见杨执中前来道谢，兄弟俩有些迷惑，转念一想，高人就该这样有个性！而自己满心想着施恩图报，俗了，俗了。"公子有德于人，愿公子忘之"，该有春秋信陵君的格局才对。

真实情况是杨执中只知是一个姓晋的救出他来，其余的一概不知，也没想过追问，开开心心地跑回村里继续喝酒看书。

就这样，娄三、娄四这二位公子靠自己丰富的想象力给杨执中营造了一个不慕名利、蔑视权贵的高人形象，当即决定亲自上门拜访，包了一艘船就出发。路上又有个小插曲：河道狭窄，来往船只又多。只见一只大船上两对高灯，一对写着"相府"，一对写着"通政司大堂"，几个如狼似虎的仆人鞭打着旁边的船，要求让出通道，并放出狠话："我们是娄三老爷装租米的船，再回嘴，拿帖子送到县里，打你几十板子。"

自家招牌？自家名号？自家不知道，还欺压到自己头上来了。直到娄三、娄四当面出来打假才结束这场闹剧，原来是一位刘老爷想送个快递，假冒娄府仗势欺人。事后娄三、娄四公子并不气，反倒怪船家太快戳穿对方的闹剧，太扫兴了。船主人很无奈："不说，他把我船板就要打通了。"哥儿俩怎能理解呢？他们无意去体会船家的可怜，更无法理解那些无权无势的寻常船家被鞭打又无处伸张的痛苦。他们是温室里的花朵，丝毫感受不到室外的寒风凛冽。生活美好得太过单调，只期望多一场好戏来振奋振奋精神。

终于到达目的地，结果杨执中正好外出，只有一个耳聋的老姬在家。老姬把姓娄听成了"姓柳"，把大学士听成了"大觉寺"，要求兄弟俩改日再来，然后门一关，把哥儿俩撂在门外了。杨执中当晚回到家，老太婆说起有姓柳的人找，杨执中吓一跳，以为是县里的差役找他还盐店银子，吓得每天早出晚归，就怕见这个姓柳的；为了泄愤，还对着这老姬好一顿拳打脚踢。

过了四五日，娄氏兄弟又来拜见。老姬想着前日无辜被打，更没有好脸色，把门一关，又把娄氏兄弟撂门外了！兄弟俩又好气又好笑："我堂堂大学士府的公子见个人怎么就这么难呢?!"从来没有被人拒绝过，有趣有趣！

二人在失望返回途中，偶遇一个卖菱小孩，在那里竟看到杨执中署名的诗作："不敢妄为些子事，只因曾读数行书。严霜烈日皆经过，次第春风到草庐。"如此高尚纯洁！如此淡泊名利！兄弟俩看罢连连点赞。

两次访而不得，二人心中杨执中的形象更加高大了，兄弟俩也为自己如此虔诚、礼贤下士而自我感动着。

终于，在管家邹吉甫的安排下，娄氏兄弟要与杨执中见面了。他们约定到杨执中家里吃顿饭。客厅里，只见对联上写"三间东倒西歪屋，一个南腔北调人"。安贫乐道，难得！旁边还有一帖："捷报贵府老爷杨讳允，钦选应天淮安府沭阳县儒学正堂"，被任命为县级学堂教师，却推辞官不就，不为五斗米折腰，这不就是一个陶渊明一般的隐士吗？可敬可敬！小小书屋里，赏月观梅，烹茗清谈，这一晚好快活！

过惯了锦衣玉食生活的贵公子，哪里见过这般穷还这般雅的人？真是相见恨晚！几个人谈天论地，直到月亮高挂，才携手踏月影，依依惜别，约定再见。

三顾茅庐，终于把隐士杨执中请回相府奉为上宾，娄府公子的生活终于有了点不一样的趣味。

杨执中真是"高尚隐士"？我愿把他称为"营销大师"。

且看杨执中出场时涉及的案件，案宗上写明："累年在店不守本分，嫖赌穿吃，侵用成本七百余两。"且不论嫖赌穿吃是否属实，身为盐店主管，成天出外闲游，在店里也只是垂帘看书。东家盘问亏空缘由，又咬文嚼字表示不服。一身书呆气、迂腐懒惰、不负责任是真的。

而后娄氏公子来访，家中老仆耳聋，将"娄"听成"柳"，杨执中误以为是差役来讨钱，心中一恼，直接"把老妪打了几个嘴巴，踢了几脚"。如此粗暴凶狠，哪有半分读书人的斯文？

再看卖菱小孩手中的诗，却也并非原创，出自元朝名臣吕思诚。他不过是抄写一遍，写上自己名号"枫林拙叟杨允草"装清高之态。

平时也只能哄哄小孩子，或是在村里树下与邹吉甫这样惯于怀旧的老人家扯闲篇，说说"永乐帝坏了天下"这种不合时宜的高见，博得怀旧的乡野老儿赞赏一声，刷点存在感罢了。

明眼人都笑他"呆傻"，他却笑别人"庸俗"。"我枫林拙叟的境界岂是常人能懂的？"杨执中就像他手上那只盘出了包浆的炉。人出二十四两银子，而他要卖三百两。一身古拙的包浆，丞待知音来赏。

你看这包浆！你看这颜色！

三百两

咕噜噜

四儿，你看这包浆

三儿，你看这颜色！

可他也没想到自己真遇着个大客户——娄氏公子有权有势，求贤若渴，怀"财"不遇，还和村野老儿一般无知，连自己抄写一首诗都要顶礼膜拜，真是撞大运了。于是他开始营销"淡泊名利的世外高人"的人设，哄得人傻钱多的娄三、娄四急急将其奉为座上宾。

可细想若真是清高隐士，又怎会添油加醋把自己辞官的经历说得天花乱坠？又怎会辞官后还把自己的荣选帖子高高挂起供自己时时鉴赏？说到底他仍放不下，放不下这芥子似的小官带来的虚荣感，却很懂得把辞官当作营销"世外高人"的卖点。世外高人，不是被世界抛弃的人，而是主动把世界抛弃的人。不慕名利，也不是穷人的意思，而是有名利而不取、主动选择穷的人。

在这高级人设中，却有一个不太和谐的音符。

那天他烹好了肉，备好了酒，等候娄氏公子上门。没想到一个醉汉跌了进来，这就是杨执中的蠢儿子杨老六。杨老六喝得烂泥一般，闻得肉香，不由分说从锅里捞肉吃，急得杨执中拿火叉赶，又打又骂，出尽洋相。

杨老六

　　吴敬梓先生不直接戳穿杨执中，而是不动声色地透露出他高雅下的粗鄙底色，而粗鄙不堪才是杨执中的真正面目。

　　营造信陵君人设的娄三、娄四公子在犯傻的路上一路狂奔，接着杨执中介绍了另一位世外高人——权勿用，称赞他有"经天纬地之才、空古绝今之学"。娄氏兄弟一听，得登门拜访才显诚意。不巧遇到厅官丈量土地，脱不开身，只好让仆人宦成带着帖子和礼物去请。

　　这个情节就很妙了，宦成和路人攀谈得知权勿用的全部黑历史："考了三十多年，一个秀才也没中。本以在土地庙辅导几个学生为生，后来遇着一个盐店伙计杨执中，秉烛夜谈后，突然开窍，立志要做个高人。从此也不应考也不工作，靠骗人混日子，他的至理名言是'我和你至交相爱，分什么彼此，你的就是我的，我的就是你的'。"

世外高人 拜访专用

　　路人的几句话就揭开了杨执中和权勿用的真面目：两人都是生活中的失意者，与其否定自己智商学识，不如认定这个世界的规则配不上我，这样简单又舒适。改而他求，干脆做个名士高人，谈些国家治理的大道理，说些别人不敢说的话。于是两人一拍即合，拥有全世界唯一契合的一对灵魂。话说仆人宦成知道真相为什么不告诉主人？且不说此时的宦成正心心念念着青梅竹马双红呢，加之宦成说了就能制止娄氏公子的犯傻行径吗？不能。兄弟俩正傻傻地在给亭子换上新匾额——"潜亭"，以示恭候权勿用（字潜斋）的光临，正玩得带劲呢！

　　宦成主线任务完成，正逢着权勿用居丧，家里老太太百日之后，终于得以进城拜访娄府。山里高人果然与众不同，他穿着一身孝去别人家做客，这礼貌吗？他不管。

走起路来，不分左右，甩着个膀子一味横冲直撞。被卖柴的尖扁担挑了帽子，他追帽子，撞了官轿还不服气，"指手画脚"地骂起来。他如此嚣张，差点直接下线，幸好张铁臂巧借了娄府的威风解了围。

放在金庸的小说里，那人物设定必是个有绝世武功的高手：穿孝服去别人家做客，那是蔑视俗规、特立独行；撞官轿还骂人，那是蔑视权贵、侠气冲天。也就是说，权勿用必须有绝世武功或绝世学问，不然这种行径，只有一个词形容合适——奇葩。

权勿用是高人还是奇葩？我们继续看故事。

在娄公子的宴席上，他推辞说："居丧不饮酒。"杨执中说："你刚才肉都吃了，喝点酒又何妨？"他马上引经据典说葱、韭菜、香菜才是居丧必戒的荤菜。一本正经地胡说八道，正经得却叫人无法辩驳。唯一能治他的人是谁呢？四月天气渐暖，权勿用想着去做一身体面的薄衣裳参加宴会。五百个买衣钱就放在枕边，结果被杨执中的傻儿子拿去赌钱了。质问时，杨老六竟一本正经地说："老叔，你我原是一个人，你的就是我的，我的就是你的，分什么彼此？"权勿用钱被偷，自己的台词也被盗用，心里气得不行。

你的就是我的 我的就是你的！

果然流氓还需流氓治。为着这件事，权勿用和杨执中绝交，权勿用骂杨执中是个呆子，杨执中骂权勿用是个疯子。不得不说，骂得都很恰当。

与权勿用一起来的还有另一领域的高人——张铁臂。文坛集齐两宝，武林中人也不能少。侠客的开场白就很有侠气："平生最爱打抱不平、扶危济困，落得个四海无家、浪迹天涯。"娄氏兄弟点赞道："这才是英雄本色！"

大家好！

我不叫铁栓
我叫张铁臂

侠客果然名不虚传，且看"铁臂耍剑"："张铁臂一上一下、一左一右，舞出许多身分来。舞到那酣畅的时候，只见冷森森一片寒光，如万道银蛇乱掣，并不见个人在那里，但觉阴风袭人，令看者毛发皆竖。"众人仿佛看到了练成乾坤大挪移的张无忌，武艺高强、异常酷炫。娄氏兄弟俩哪见过这个场面呀，瞬间就被征服。

　　为了展示自己"收集"的世外高人，在一个惠风和畅的四月天，娄氏兄弟遍请宾客游赏莺脰湖。高人们各显奇招：在音乐伴奏下，牛布衣吟诗、张铁臂耍剑、陈和甫说脱口秀、杨执中古貌古心、权勿用怪模怪样，引得岸上的人，如望神仙。当然，兄弟俩妥妥地上了热搜第一。

　　日子一天天过去，高人们那儿还有惊喜等着哥儿俩。一个月色未上的夜晚，内室一片瓦"当"的一声掉落，娄三、娄四大惊，一看，是铁臂兄。

是是是

我还还要五百两

只见张铁臂提着一个滴血的革囊，郑重说道："我平生有一个仇人，已经结仇十年，今天终于取了他的首级在此。"娄三、娄四从没见过这样刺激的场面，当时就吓呆了。哥儿俩还未回神，铁臂继续表演："我还有一个恩人，现在需五百两银子报恩。自此以后，我便为知己者而活了。知己者，只可能是二位老爷。如不能相救，我从此隐遁江湖。"仇恩必报，侠客英雄本色！哥儿俩怎么可能拒绝一个天真侠客的要求呢？二人毫不迟疑把五百两银子奉上。

可是这革囊怎么办？铁臂说："不怕，等我两个时辰，我报恩回来，稍施点剑术，加点药末，这革囊立化为水。"说完，只见铁臂腾身而起，上了房檐，行步如飞，只听得一片瓦响，无影无踪去了。天哪，这也太酷了吧。

去掉侠客的滤镜，这已经是刑事案件了。但哥儿俩被彻底洗脑，一心不要做个俗人，为了融入又危险又刺激的江湖，哥儿俩竟打算办一个"人头会"，让大家开开眼。

结果等了一天，革囊发出难闻的臭味，还不见英雄归来。二人大着胆子打开一看，革囊里是好大一个猪头。兄弟俩知道被骗，也不好说出来，毕竟还是要面子的。

一波未平，一波又起。仆人来报，萧山县官兵来府上要人——有一个和尚告发权勿用把兰若庵里的小尼姑奸拐霸占在家。兄弟俩一听，这下尴尬了，弄不好还落个包庇罪犯的名声。

这时真相未明，好兄弟杨执中急忙落井下石道："'蜂虿入怀，解衣去赶'，把他交与差人，等他自己料理去。"意思是如蜂虿这类毒虫要钻进衣襟里，必须马上解开衣襟赶跑它。看似他是帮娄氏洗脱干系，实际也是为自己洗脱干系，毕竟自己是推荐人。至此，迂腐懒惰、粗暴凶狠、故作清高的"老阿呆"杨执中又添了一个"薄情寡义"的人设。没了相府的庇佑，厚颜无耻、全无一用的权勿用最后"被一条链子锁去了"。虽然小说后文告诉我们这是诬陷，但这确实打了娄三、娄四响亮的巴掌。自此他们玩耍的兴致全无，闭门整理家务。

娄三、娄四公子是富贵闲人，他们别无追求，只追求信陵君、春申君礼贤下士的名声。战国四公子之所以成名，是因为以道义为先，以政治理想为重。而娄三、娄四仅仅是因为这种虚名可以带给他们快感，让他们拥有一种高尚的错觉、一种可以替代科举的光环。于是他们遍访明贤，举办"莺脰湖聚会"，用无所事事的忙碌装点空虚，用高雅精致的外在营造盛世梦幻。

四儿 有没有一种被史书记载的光荣感？

活得通透

还记得吗？那天夜里有人假借娄府名号在河道里行凶打人，他们反而嫌弃船家太快戳穿谎言，致使没有好戏可看，太扫兴。可见生活对于他们来说就像一场游戏，他们关心的是好不好玩、有没有趣、刺不刺激，至于平民的痛苦、家国的担当，这对始终游离在实际生活之外的哥儿俩，实是是超纲了。

立志做点雅事的娄氏兄弟自己做不了世外高人，毕竟有家财万贯要继承。于是他们就费力网罗世外高人。杨执中、权勿用、张铁臂，旁人一看便知，不过是一个呆子、一个疯子、一个骗子，可是他们遇到的是一对傻子，这就非常精彩了。要说有没有正常人呢？有！杨老六最真实，他在这场风雅聚会里是如此扎眼，仿佛在劝诫那些演员：别演了，别自欺欺人了，梦醒了，生活依旧是一地鸡毛。

在上一讲娄氏兄弟的故事中，有一位俊俏风流的少年时时追随，他就是——蘧公孙。

蘧公孙与鲁小姐的爱情故事有什么深意？我们一起来读。

蘧公孙

　　蘧公孙是官三代，蘧太守之孙。蘧太守生病退休，对官场毫不留恋，淡泊古雅，是上品人物。蘧公孙的父亲叫蘧景玉，曾在范进府当过幕客，前文提到的关于苏轼的笑话就是他讲的。后来他在南昌替父亲与王惠交接工作时，用"戥子声、算盘声、板子声"讥诮王惠惯于盘剥和算计，实实在在是一个正直通透的妙人，可惜英年早逝。

　　蘧公孙在第八回出场。宁王叛乱被王阳明镇压，做过伪官的王惠火速逃跑，因他曾领着南赣各郡县归降宁王，成为朝廷通缉要犯。王惠此时慌不择路，逃到浙江乌镇。在乌镇的一家小店里吃茶时，见一少年似曾相识，一问才知是旧识蘧景玉的儿子。十七岁的蘧公孙，毫无戒备心，将家事和盘托出："父亲前些年便已去世，我跟着爷爷蘧太守，此次是来收讨一桩银子。"而王惠只对蘧公孙说起宁王叛乱，他仓皇出逃，没有来得及带路费流落此地的故事，故意隐瞒归顺宁王这一重要信息。蘧公孙认为王惠是爷爷和父亲的老相识，便赠银二百两给王惠做路费；为表感谢，王惠便把随身带的枕箱送给了蘧公孙。

蘧公孙回家后，便把赠银的事说给爷爷听。蘧太守知道王惠归顺过宁王，但却并未责骂蘧公孙，反而认为王惠虽是朝廷罪犯，却与自己是个故交，夸赞孙子的义士之举！

打开王惠送的枕箱，发现里面竟有一本《高青邱集诗话》。高启，号青邱，是明初文人，后因文字得祸，被朱元璋杀掉。高启的诗集虽是禁书，却也是天下读书人梦寐以求的好书。枕箱中这一本就更厉害了，是亲笔孤本。蘧太守见多识广，惊叹说这书一直收藏在皇宫中，数十年都未曾有人见过，世上绝无第二本。蘧公孙一听这话，便动了歪心思。在高启名字的后面，添上"嘉兴蘧来旬骎夫氏补辑"字样，印刷几百本，遍送亲戚朋友。

"嘉兴蘧来旬骎夫氏补辑"十个字，前面八字不重要，关键是"补辑"二字。蘧公孙其实只是花钱照本印刷，加上"补辑"就变成了搜集整理补充编辑。而编辑者需要深厚的学养和诗词功底，蘧公孙显然不具备如此修养，这是一种变相的抄袭。家里有矿的蘧公孙图什么呢？

该书本是名著，一经印刷，众人称赞。蘧公孙一夜成名，变成人人仰慕的少年名士。

爷爷知道真相并未责骂他，反而教他诗词，鼓励他写斗方，与名士酬答，有意让他走一条名士之路。为什么爷爷是这样的反应？

因为经历了丧子之痛的蘧太守宠爱独孙。有多宠爱呢？爷爷因嫌弃老师严厉，就没让蘧公孙上学。厌弃官场的爷爷不想孙子走他的老路，认为科举之路太辛苦，直接替他捐了监生，不读经史，不考科举，平时只教他作些诗吟咏性情。爷爷的教育理念是快乐就好，因此面对蘧公孙品德上的错误，爷爷选择的是包庇纵容，这也是后来蘧氏一族由盛转衰的原因。

读到这里你就知道吴敬梓为什么把蘧景玉早早写死了。蘧公孙赠银给伪官王惠，虽是仗义知礼，可若是被人发现，就是关乎全族性命的大罪，料想蘧景玉得知后不会纵容，更不会赞赏。窃取他人成果，大量印刷以求虚名，料想正直通透的蘧景玉定会直接骂醒他、销毁枕箱，那就没有后面的故事了。

回到故事，这本诗集让蘧公孙年少成名，甚至成就了他的姻缘。

蘧公孙到表叔娄三、娄四公子家做客，送二人每人一本诗集，诚恳地请表叔们指教。表叔们一看，惊为天人。那天刚好兄弟俩摆一桌酒席宴请娄太保的门生——鲁编修，娄氏兄弟便向鲁编修强烈推荐蘧公孙的诗集。鲁编修叹赏许久，想蘧公孙如果将如此才华迁移到八股文，这不是未来的状元公吗！

随后鲁编修暗暗找人合了自家女儿和蘧公孙的八字，找谁合的呢？算命大师陈和甫。他曾有一首《西江月》，一下命中王惠命运里所有起伏，由此奠定了他的江湖地位。

算命

事途风水
财运择日
合婚算命
八字姻缘

陈和甫

鲁编修

女学霸

《大学》《中庸》
《论语》《孟子》
《诗经》《尚书》《礼记》
《周易》《春秋》
我都熟

结果一算，佥玉良缘啊，鲁编修便立即招蘧公孙入赘来。

我们再来认识女主角——鲁小姐。鲁编修膝下无子，只此独生女一个，从小便把她当作男孩来培养。五六岁开蒙就读四书五经，请老师教八股，做出的文章理法、文采俱佳。加上她天资聪颖，过目不忘，能背下三千多篇科考满分作文，乃一个超级"学霸"。

父亲鲁编修是八股文忠实的追随者，常常对女儿说："八股文章做得好，随你做什么东西，要诗就诗，要赋就赋。"因此"学霸"女儿每日就以批注八股文为乐。但是并没有什么实际用处，女子不能参加科举。鲁编修常常感叹："假若是个儿子，几十个进士、状元都中来了！"他将希望寄托在女儿未来的夫君身上，当他看到蘧公孙的诗集时，心中一阵狂喜！

终于等到你还好我没放弃！

鲁编修

婚礼当天，宾客满座，喜气洋洋，作者用繁复的笔墨书写了大户人家婚礼的庄重仪式，可婚礼却出现了两个不甚和谐的小插曲。那天刚刚雨停，地上还没干透。新郎官蘧公孙点戏时，上菜的老管家手捧燕窝正打算上到桌上。忽然乒乓一声响，屋梁上掉下来一件东西，不偏不倚，端端正正掉入燕窝碗里，将碗打翻。众人定睛一看，是只屋檐上走滑了脚的老鼠。

掉入滚汤里的老鼠吓得一激灵，猛力一跳，刚好跳到新郎官的大红袍子上。婚礼喜庆庄重的气氛立马被破坏掉了，众人大惊失色，不吉利啊！

米奇来了啊！

喜喜

别慌，我已算出今天我水逆！

后来乡下来的年轻男仆捧着六碗粉汤，管家上了四碗，剩下两碗还在盘子中。他看那台上小旦扭扭捏捏地唱戏看昏了头，忘了还有两碗没上呢，想着倒掉盘子里溢出的汤水，随手把盘子一丢，碗和粉汤都打碎在地上。他慌作一团，弯腰去捡粉汤，狗也来争食，男仆使尽平生力气踢狗，狗没踢到，却用力太猛，钉鞋飞上天，不偏不倚，端端正正落到算命大师陈和甫的碗里，碗碎了，汤泼了。

好不容易恢复的庄重气氛顿时变得尴尬不已，众人再次大惊失色。中国人凡事最讲究好意头，而婚礼上的这两件乌龙事都不怎么吉利，从来不写废话的吴敬梓到底在暗示什么呢？我们继续听故事。

结婚后，蘧公孙见鲁小姐十分美貌，非常满意。鲁小姐呢，原本对婚姻生活非常期待，期待老公与自己灯下共读一本满分作文选，一同切磋八股写作技艺。不日老公就能成就举业，光宗耀祖。可半个月过去了，蘧公孙隐藏得太深，一点也没显现出他的真实才华。

一天，学霸鲁小姐终于忍不住试探一下老公，借老爹的名义给他出了一道八股作文题："身修而后家齐。"没想到蘧公孙竟然拒绝作答，觉得八股文实在太俗，他这等名士是不屑于此的。

　　小姐这才幡然醒悟，自己希求的美梦不过是幻觉。他们两人一个醉心科举考功名，一个立志做名士，两人的价值观根本是南辕北辙。婚姻滤镜破碎，小姐天天以泪洗面。

　　鲁编修心想：我看中的少年名士，还能有假？于是也出了两道作文题给蓬公孙，结果蓬公孙写得一塌糊涂。膝下无子，已是鲁编修生命中最大的遗憾。本来把全部希望寄托在蓬公孙身上，却见蓬公孙成天跟着娄三、娄四，和那群坑蒙拐骗的"世外高人"一起胡闹，根本无心科举，鲁编修心里更是气闷。谁来继承我进士书香，延续我科举荣光？有一天他突然想通了，谁都靠不住，还是靠自己吧。

　　于是年将五十的鲁编修打算再娶一妾生个儿子，鲁夫人不同意，说他年纪大了，不必折腾。鲁编修一生气就中了风，经家人细心侍奉才有所好转。

　　那场风光无限的莺脰湖聚会，娄氏兄弟也邀请鲁编修，他拒绝赴会。事后他对蘧公孙说："娄氏兄弟应该做些举业，以继家声，现在如此招摇豪横，不成规矩。"这话当然不仅在说娄氏兄弟，更是在敲打跟着胡闹的女婿——蘧公孙。可女婿正沉浸在做名士的荣光里，哪里懂得这潜台词？低情商的他转头就把这话说给两表叔听，和表叔一起笑话这个一心就知道举业的俗气老头。这时喜报传来，俗气老头升职为侍读，蘧公孙急忙回家道喜。结果早上的喜报到了晚上变成丧报，鲁编修过于开心，死了！本族里匆忙为他立了一个儿子，为他披麻戴孝。

儿子，把桌面的题做完就赶紧睡了，别太累哈！

鲁编修去世后，蘧公孙因见娄氏兄弟半世求名豪举，落得一场扫兴。爷爷蘧太守去世，蘧公孙和鲁小姐回嘉兴料理家务。从此，做名士的心也淡了，所刻的诗集也不送人了，要从头走科举道路吗？蘧公孙很迷茫。

鲁小姐眼看丈夫烂泥扶不上墙，将所有希望都寄托在下一代身上。四岁的小儿子每日被老妈"拘"在家中，讲四书，读文章，功课做到凌晨都成了常态。

被"学霸"媳妇赶到书房去睡的蘧公孙倒和侍女双红念诗讲诗，分享旧日里见通缉犯王惠的人生奇遇，还把枕箱送给她装绣花儿的针线，有了红颜知己的陪伴，生活也不尽是不如意之事。

平静的生活被打破，竟然是因为娄表叔家的仆人宦成，这人胆大包天，竟和双红私奔了，说是两人从小定情。蘧公孙一怒直接报官，两人被抓。双红和宦成央人求蘧公孙，愿出几十两银子，望他成全姻缘。可蘧公孙断然不肯，他只要双红回来，那可是他苦闷生活里唯一的甜蜜。

我的双红我只想要我的双红

　　官司了结，双红被判回蘧府，无耻官差拖着不肯早日结案，借机榨干了宦成的银子。小两口走投无路，想着卖枕箱当饭钱，双红无意间道出蘧公孙与王惠的故事，被官差听到。"私交朝廷罪犯，私藏赃物"，这是要杀头充军的大罪，官差兴奋不已，这简直是送上门的一笔巨款啊。本想借机狠狠敲诈蘧公孙，不巧蘧公孙不在家，"好大哥"马二先生拿出九十几两银子摆平，狡猾老到的官差分了宦成十几两银子，并要到了双红的契书，这事算是了结。

　　自此在"学霸"妻子和马二先生的熏陶下，蘧公孙专心举业。蘧公孙最后能成功吗？文章没有交代，只是蘧公孙的名利来得太容易，诗集封面更改几个字，一夜之间成为新晋网红，人人争相结交，因此他更习惯于不劳而获。一日蘧公孙见马二桌上摆着一卷《历科墨卷持运》文集目录，下面刻着"处州马静纯上氏评选"，蘧公孙又动起了歪心思，笑着对马二先生说："请教先生，不知尊选上面可好添上小弟一个名字，与先生同选，以附骥尾？"马二做事纯粹认真，直接道破蘧公孙的"贪图虚名之心"，着着实实将他教育了一番。

蓬公孙之前印刷孤本诗集求得名士之名，现在又想复制这无耻操作求举业之名。他不劳而获成就虚名，听多了谎言，便误以为自己真有大才，放弃了在学问上的追求，时间一久，虚名不再，自己却成了一无是处的庸人。故事里庸人蓬公孙运气不错，遇到了真诚的马二先生，从此在马二先生的带领下做起了八股文选家。

鲁小姐除却才貌双全，真实的个性如何？文章里交代蓬太守病重，小姐明于大义在旁照料。蓬太守去世后，鲁小姐上侍孀姑，下理家政，井井有条，亲戚无不称羡——这是贤惠能干的鲁小姐。

吴敬梓刻画鲁小姐，可不仅仅为了赞扬古代女子的贤惠，更多展现的是她对科举功名的痴迷，而这源自她的家教。从某种意义上来说，鲁小姐并不是一个有着独立思想的个体，就像她爸的思想U盘，吴敬梓是借鲁小姐讽刺为科举疯狂的鲁编修。

鲁氏U盘

500G 超大容量

USB

离高考还有5000天！

希望中状元

鲁编修制造的悲剧更甚于周进与范进，因他的科举执念影响和控制了几代人的命运，最可怜的莫过于鲁小姐的小儿子。四岁的他，在其他小孩还只知道玩耍的年纪时，他的脑门上已经刻上"我要中状元"，一刻也不敢放松。想想鲁小姐满含希望又犀利至极的眼神，想想没有功名的爸爸窝囊又哀怨的样子，他在内心深处就埋下了"不中功名不配为人"的种子。

或许你只是觉得鲁编修现实，可又没有什么实际害处。我们看看他科举的终极目的是什么？鲁编修辞京归家原因是"做穷翰林的人，只望着几回差事。现今肥美的差都被别人钻谋去了，白白坐在京里，赔钱度日"。简单来说便是当官不能捞油水，不如回家喝西北风。

当官不能捞油水不如回家喝西北风！

鲁编修

　　之所以鲁编修对科举的执念如此可怕，是因为他的目的就是做官、捞钱、捞钱、捞钱，让人更感讽刺的是他竟死于升官发财的狂喜中。

　　说回来，现在你明白婚礼上两出闹剧的寓意了吗？一出"老鼠掉汤碗"、一出"小使飞钉鞋"，让原本庄重的婚礼变得尴尬不已。"老鼠掉汤碗"，指向蘧公孙。婚礼上的尴尬暗示婚后的尴尬，实际上是鲁小姐与蘧公孙婚姻的尴尬。道不同不相为谋，蘧公孙从小视八股为俗事，无心科举，这是他从小被蘧太守和父亲熏陶后形成的价值观；鲁小姐却是正好相反。从结婚那日起，他们之间就已经有了巨大的不可弥补的缝隙。

　　由此也带出了蘧公孙人生选择的尴尬，成为少年名士，还是用心举业？最后的他竟然成了年少时自己最讨厌的那种俗人。

　　"小使飞钉鞋"，指向算命大师陈和甫。他曾向鲁编修说这是"天生一对好夫妻"，生辰八字"无一不相合"，可后来因女婿蘧公孙无心举业，鲁编修气闷到中风。没有之前的这场中风，鲁编修不至于一接到朝中升职任命就痰病发作，一命呜呼。蘧公孙带来了整个家族的不幸，哪里是"无一不相合"？

　　因此吴敬梓此时借钉鞋在打陈和甫的脸，暗示这算命大师不过是"胡说八道大师"罢了。

上一讲中蘧公孙和鲁小姐的爱情故事引出了一位重要人物——马二先生。"二"表示他在家排行老二。马二先生字纯上，所以人们也叫他"马纯上"。

优秀

八股文

选家

马二先生是八股文选家，类似于现在的资深高考满分作文选编者。不仅要选出八股范文，还需点评文章妙处，使读书人能够习得章法，快速提分。马二先生真心热爱他的工作，称得上是模范编者。他"时常一个批语要做半夜，不肯苟且下笔，要那读文章的读了这一篇，就悟想出十几篇的道理，才为有益"。

今年一定要考上！

他一共考了二十四年了

这考生好老

按推算他大概和范进年龄相仿，五十多岁，穷酸落魄，但这并不妨碍他成为八股取士制度最为忠诚的代言人。

你或许会想，他把八股文研究得这么透彻，科举之路应该相当通畅吧。并没有。他考了二十多年都没能中举，依旧只是秀才，依靠编选八股范文集谋生。

回到故事线，蘧公孙终于放下名士执念，转而有意举业。正好遇上八股选家马二先生，两人成为朋友。蘧公孙急切地想知道什么作文最易拿高分，专业对口的马二先生便跟他好一顿科普："文章既不可带注疏气，尤不可带辞赋气；带注疏气不过失之于少文采，带辞赋气便有碍于圣贤口气，所以辞赋气尤在所忌。"在马二先生看来，写八股文不能过分纠结于对字词的解释，也不能因过分追求文采而让文章带上诗词歌赋的气息，因为八股文要揣摩圣人心思，以圣贤口吻说话，诗词虽浪漫，却最忌讳。一字一句都是马二先生的经验之谈，不知蘧公孙是否真心真意向学，马二先生确实在诚心诚意教学。

唐→诗
宋→理学
明→八股
做官

得知蘧公孙从来没有应试，马二先生立马化身贴心大哥，苦口婆心跟他讲起人生大道理来："举业二字，是从古及今人人必要做的。"并非常直接地表示："每个朝代有每个朝代的考纲：汉代考贤良方正，唐朝考诗，宋朝考理学，明朝考八股。考纲虽不同，但有一点是明确不变的，那就是朝廷叫你学什么，你便学什么，不然谁给你官做？"马二精辟地总结了科举这根考试指挥棒的巨大作用，并赤裸裸地表示"学八股、写八股就是为了好做官"。一席话让原本懵懂的蘧公孙如梦方醒。

后来马二先生偶遇流落外乡算命拆字的少年匡超人。少年衣衫褴褛，正入神地读着马二先生编选的高考范文集。马二先生心生怜悯，暖心大哥又上线，送银子送棉袄助他回家，更是无比深情地鼓励他继续学习。"贤弟，你如今回去，奉事父母，总以文章举业为主。人生世上，除了这事，就没有第二件可以出头。只是有本事进了学，中了举人、进士，即刻就荣宗耀祖。"

马二先生对匡超人的一番教导，足见八股在马二先生心中神圣而不可撼动的地位。那学八股念什么书？"就是我们的文章选本了"，他顺道选了几本范文集送给匡超人，两人洒泪而别。就这样，热心肠的马二先生让匡超人停滞的人生重新起航。

科举之路

两次劝学，他称得上是全书中"最暖心大哥"。蘧公孙有难，马二先生更是淘出九十多两银子买回枕箱，摆平祸事。

钱给你
货拿来!

后来他向蘧公孙提起这件事，只是说："就是我这一项银子，也是为朋友上一时激于意气，难道就要你还？"意思是我提这事并不是要你还钱，这只是你我朋友相交一场的义气之举，最重要的是你赶紧销毁枕箱，以免后患无穷。蘧公孙听完倒身便拜，无比感动。马二先生钱多吗？并不是。九十多两银子已是他全部积蓄，他只是善良慷慨罢了。

除却善良慷慨，我们还能感受到马二先生坚定的信仰。在他的价值观里，做八股、考科举简直是人生的灵丹妙药，包治百病。他这样劝解匡超人："生意不好，奉养不周，也不必介意，总以做文章为主。那害病的父亲，睡在床上，没有东西吃，果然听见你念文章的声气，他心花开了，分明难过也好过，分明那里疼也不疼了。"没有东西吃？父亲病得这里疼、那里疼？奉养父母不周到？没关系，多念念八股文！肚子饿的，不饿了；父亲生病的，也好了；奉养不周的，没关系啦。马二说错了吗？没有错，他的劝学非常实在且诚恳。对于穷得要去当算命先生的匡超人来说，做八股是实现身份进阶、阶级跨越的唯一路径。

可问题就在于马二先生把科举成功当作人生唯一的信仰，抹杀了除此之外一切事物的意义，这种价值观看似正确，却异常恐怖。恐怖在何处？且看马二先生游西湖。

"这西湖乃是天下第一个真山真水的景致！且不说那灵隐的幽深、天竺的清雅，只这出了钱塘门，过圣因寺，上了苏堤，中间是金沙巷，转过去就望见雷峰塔；到了净慈寺，有十多里路，真乃五步一楼、十步一阁。一处是金粉楼台，一处是竹篱茅舍，一处是桃柳争妍，一处是桑麻遍野。"从不多在景物描摹上多花笔墨的吴敬梓先生写起西湖来却毫不吝啬，赞叹西湖"真山真水"。

这也正是马二先生的旅游路线图。这一日，马二先生独自一人，带了几个钱，步出钱塘门，颇有轻装览胜的闲情逸致。可他跑了一天，只觉得"走也走不清，甚是可厌"，像极了奔波在网红打卡点拍照的我们。

让他振奋精神的只有一件事在一座大楼上蓦然撞见仁宗皇帝题的几个字，他吓得魂不附体。慌忙整一整头巾，没有朝廷大臣的笏板，就用扇子代替。他恭恭敬敬，拜了五拜。面对皇帝写的字，装作朝廷大臣一般面圣跪拜。

他并不是做模拟游戏的无知小孩，而是久经世事的中年大叔，虔诚又迂腐得可笑。这一举动就可看出他对做官有多迷恋。

后来，在片石居，马二先生没有心思欣赏花园楼阁，只注意到有人在请仙。他以为"这是他们请仙判断功名大事，我也进去问一问"，看能否问出自己何时中举翻身。结果听见请的是李清照、苏若兰、朱淑真，他果断离开，与功名无关的人，不管是什么才女，他都懒得理睬。

到了丁仙祠，他又想求个签。

谁知偶遇一位老神仙。这仙人神奇，不问便知马二先生姓名；走路也尤其快，怕是有缩地腾云之法。来到仙人住处，只见一首绝句："南渡年来此地游，而今不比旧风流。湖光山色浑无赖，挥手清吟过十洲。"南渡可是宋高宗时期的事，初步估算已是三百多年，而今此人还在。你看此人还有四个衣袂飘飘的长随，必是神仙无疑！马二给自己洗脑成功后，便向仙人洪憨仙说出自己的心事："寓处盘费已尽，想问问可有发财机会。"洪憨仙一听，专业对口！马上教了他一招煤块变银子的魔法。回到家一试，果然很灵，火烧煤块，秒变银子。最后足足得了八九十两银子，这可不比自己写批注赚钱快？马二先生满心欢喜。

随后洪憨仙表示要和他认作表兄弟，并解锁了一位新人物——胡三公子。原来啊，人傻钱多的胡三公子打算拿出一万两来投资这能烧出银子的炉火药物。但胡三公子还没傻透，因此需要一位中间人，著名选家马二先生就是最好的人选。果然，胡三公子对马二先生十分放心，约定三日后写清合同，自此在家打扫花园作为炼丹室，先拿出一万两银子，托洪憨仙研制药物。

可一连四天过去，都不见洪憨仙来请。马二先生走去看，才发现他病重多日，没几天便死了。

我还要再变一个……

四个衣着华丽的长随自曝说他们都是被洪憨仙拉下水的儿子、女婿、侄子，到这时，马二先生都没反应过来这可能是个骗局。他呆呆地问那个女婿："令岳是个三百多岁的活神仙，怎么忽然又死起来？"那个女婿只好耐心地一点一点把圈套解释明白："煤块变银子的魔法根本不存在，煤块里包着的本来就是银子；你的名字也不是洪憨仙算出来的，是那老骗子偷听来的。"这时马二先生才恍然大悟："原来结交我是要借我骗胡三公子，这是一起精心策划的诈骗案啊。"可惜洪憨仙唯一没策划好的就是自己的死期，在即将行骗成功之时死了，结局很尴尬。马二先生虽然被骗，却依然心存感激，出钱安葬了洪憨仙，还送了银子给这几个落魄的诈骗团伙成员当路费。

洪憨仙之墓
著名魔术师

马二先生为何会上当？他每天只是死读书、读死书，而缺乏最基本的生活经验，加之他穷困潦倒却又太急于发财。倘若放在今日，马二先生要有一部智能手机，不知要成为多少诈骗团伙下手的对象。

纵观以上，西湖美景无数，可唯一能振奋他的精神的只有功名富贵，作八股—考科举—做大官—发大财，这是他的信仰链。

除了功名富贵，还能吸引马二注意力的是西湖的女人。"那些富贵人家的女客，都穿的是锦绣衣服，风吹起来，身上的香一阵阵地扑人鼻子。马二先生身子又长，戴一顶高方巾，一副乌黑的脸，腆着个肚子，穿着一双厚底破靴，横着身子乱跑，只管在人窝子里撞。女人也不看他，他也不看女人。"穷酸落寞的高个子马二先生独自一个在众多富贵女客中走过，花团锦簇中他谨遵"非礼勿视"的教诲埋头快跑，滑稽可笑。

隔天在吴山，他走渴了想喝茶，"见茶铺子里一个油头粉面的女人招呼他吃茶。马二先生别转头来就走，到间壁一个茶室泡了一碗茶"，连拒绝的表示都不敢有，直接走掉。他恪守男女授受不亲的教诲非常严格。

吴敬梓的高超在于既写马二先生不看女人，又写马二先生看女人，当然他只是远远地偷看。"看见西湖沿上柳阴下系着两只船，那船上女客在那里换衣裳：一个脱去元色外套，换了一件水田披风；一个脱去天青外套，换了一件三色绣的八团衣服；一个中年的脱去宝蓝缎衫，换了一件天青缎二色金的绣衫。那些跟从的女客，十几个人，也都换了衣裳。"天气渐暖，三位富贵女客及女仆都将自己的外套换掉。马二先生细细地观察衣服的华丽色彩，看那女人头上珍珠的白光，直射多远；听裙上环佩，叮叮当当地响。

　　吴敬梓先生没有写马二心中有任何的波澜，但我们依然可以感受到他的"人欲"并未完全泯灭，而这种男女之欲也只是下意识地流露出来。在远处，他仔细地安全地端详女人；但到了她们跟前，他一定低头急走，告诉自己"非礼勿视"。

　　那马二先生游西湖到底看到了美景没有呢？看到了。在吴山上，"左边望着钱塘江，明明白白"，"右边又看得见西湖，雷峰一带、湖心亭都望见"，马二觉得极美，想吟咏两句，搜索枯肠，说道："真乃'载华岳而不重，振河海而不泄，万物载焉'！"

　　什么意思呢？意思就是"哇，西湖好大啊"。这不是很有文采吗？不，这是从科举必读书《中庸》里背来的。马二先生就是八股科举制度这个流水线制造出来的典型产品——失去了独立思考的能力，也失去了感受美的能力，变成了一个背书机器。

　　范进和周进的悲哀，更多体现在来自科场鄙视链和势利眼的压抑，而马二先生却让我们看到了只推崇八股的科举制度对知识分子思维、感受能力的戕害。如果他是一个弄虚作假或装腔作势的坏蛋，那也好，我们还可以把枪口对准他的人品。但马二先生不同，他善良单纯、古道热肠，这就更让我们看到无关品德的科举制度的弊端。

这也就是文章开头说的马二先生价值观的恐怖之处。他把做八股当作人生唯一的信仰，抹杀了除此之外一切事物的意义，因此失去了独立思考的能力。知名的八股文选家居然相信有三百岁的神仙、有腾云缩地之法、有点石成金之术，并甘心充当骗子行骗的工具人。多可笑！

　　他也因此失去了感受美的能力。一个人只有在精神上、情感上充实丰富，能唤起更多精细而深刻的联想，才更能感受到自然的美好。而马二先生游西湖而不见西湖美景，见美景内心却无半点波澜，赞叹风景却无半点新鲜词句，他已不是一个鲜活生动的人，而是圣贤书的搬运工。可悲可叹！

　　他也因此失去了真实的情感。"存天理，灭人欲"的理学教条在他身上极好地得到了落实。他极力地压制自己的人欲，对所有"有碍于圣贤口气"的东西都绝对排斥。因此我们感受不到马二先生心里丝毫的波澜，他就这样如一潭死水地活着，吴敬梓赞叹的西湖"真山真水"，唯一缺了"真人"。

真山 真水
缺真人

但这空虚的灵魂、朽枯的精神、压抑的欲望须借一个出口发泄，那就是"吃"。我们会发现吴敬梓先生把马二先生写成了一个大吃货。在最开始与蘧公孙吃饭时，就见识了他的好胃口：四碗饭和一碗烂肉他吃得干干净净，连汤都喝完了。西湖的美食很多，透肥的羊肉、滚热的蹄子、海参、糟鸭、鲜鱼……马二先生没有钱买了吃，喉咙里咽唾沫，只得走进一个面店，十六个钱吃了一碗面。"苦于囊中羞涩，他一路吃面，喝茶，吃点零嘴儿充饥，结果茶越喝越饥，零嘴儿也不顶饿。这对于肉食动物马二先生来说，简直是一种炼狱般的折磨。

碰巧一处花园热热闹闹，马二听说是布政司里的人在此请客，那热汤汤的燕窝、海参，一碗碗在跟前捧过去，马二先生又羡慕了一回。马二先生对功名富贵的渴望，也基于他对美食的原始渴望。

但马二先生的故事里，可笑里又浸透了无言的辛酸，他直言："之前选了一部文章，送了几十金，却为一个朋友的事垫用去了。如今来到此处，虽住在书坊里，却没有什么文章选。寓处盘费已尽，心里纳闷。"马二先生此时的拮据，正好反衬出彼时的慷慨，这样的"血心为朋友"，确乎颇有"古君子"之风，我们不由得从心底生出一种敬意。

故事的结尾便是从别人口中听说马二先生已进京，科场不利的他因为人品才学得到赏识，被保举成为"贡生"，也算拥有了做官的资格。马二先生一生痴迷八股、做官发财，虽没能中举人、进士，但这也算是小小的得偿所愿了。

《儒林外史》之中，吴敬梓先生为我们描绘了明朝社会里各个阶层的人物图景，有当朝官员如王惠、汤奉，有官员后代如蘧公孙、娄三娄四公子，有乡绅如严贡生、严监生，也有八股文选家马二先生。今天我们将认识本书中第一位"农村青年"——匡超人。

他的故事由马二先生引出。马二先生给洪憨仙送葬后，在茶室旁偶遇一位拆字少年。拆字是中国古代的一种推测吉凶的方式，以汉字加减笔画，拆开偏旁，打乱字体结构的方式推断人物命运，就是我们俗称的"算命"。《三国演义》中董卓丧命前流传的那首童谣就是拆字游戏："千里草，何青青，十日卜，不得生。"眼前这位拆字少年便是匡超人。

这少年却是古怪，冬日里"戴顶破帽，身穿一件单布衣服"，甚是褴褛，做着算命生意，手里竟还捧着一本书读得入迷。读书人惺惺相惜，马二先生好奇，走过去一瞧，好巧不巧，匡超人看的书竟是自己新选的《三科程墨持运》，马二顿时觉得又自豪又感动，好感度+1。

95

攀谈起来，马二表示自己不拆字，只是走累了借座歇歇。匡超人也不生气马二占了他的座儿，还谦恭有礼地帮他叫了一碗茶奉上，好感度再+1。匡超人跟马二先生自述悲惨身世：原是浙江温州府乐清县人，今年二十二岁，读过几年书，因家境贫寒辍学在家；为贴补家用来到省城杭州，在一个柴行做记账员；柴行生意亏损倒闭，失业的自己连回家的路费都没有，只好算命拆字；近日得知家里的老父亲重病卧床，心里忧愁不已。淳朴热心的马二先生听后更加同情，把他带回住处商量未来的出路。

已是晚上，马二先生出了一道作文题有心考查他的才学，吩咐他"明日做"。哪知匡超人熬夜写成文章，第二天清早起床时，文章已送到马二先生门上。马二先生愈加敬佩，赞叹他"又勤学，又敏捷"，并当面批注他的文章，教他八股文的逻辑章法。

此处对匡超人八股文成篇的交代非常重要，可见他虽是农村少年，二十二岁了从未参加科举考试，但勤学聪明，异于常人。若不是这样，接下来的故事就很简单了，匡超人回到家乡，一辈子勤勉孝顺，全剧终！他永远也实现不了身份进阶。

得到马二先生的指点和认可，匡超人表达了谢意后要离开，而"感动全国最暖大哥"马二先生却已替他做好人生规划。匡超人回家的路费只需一两银子，马二先生直接送给他十两银子，十两银子可太多了！匡超人很惊讶，可马二先生告诉他："有了这十两银子，除去路费，回家后还可以做个小本生意养活父母，请医生给父亲看病，无后顾之忧才有工夫继续读书。"见他衣裳单薄，又寻了棉衣和鞋送给他。匡超人感动得两泪交流，拜马二先生为盟兄。

马二担心匡超人回家后身陷俗事，忘却理想，苦口婆心叮嘱他"科举是人生第一等大事"，又送了两本自己编选的优质教辅资料给他，哥儿俩才依依作别。

身处命运绝境的匡超人，有幸遇到了他人生中第一个贵人马二先生。马二先生肯定匡超人的学识，关心他的冷暖，替他指明人生方向，让他搁浅的人生重新起航。

回家路上，匡超人搭上郑老爹的便船。匡超人对郑老爹一口一声"老爹"，嘴甜，做事还勤快，一下就成了"自己人"，有饭同吃。坐了两日的船，上岸时郑老爹一个饭钱都没找他要。这时的匡超人，真诚淳朴是他的必杀技，无论谁与他相交都会想要和他做朋友。

回到家，结束漂泊生活的匡超人没有歇息，就开始为这个破烂的家操劳起来。记住，此时他的每一个行为、每一段语言都可以称得上是行为准则。

首先要解决生计问题。回家第二天清早，他拿银子买了几头猪，养在猪圈，赶出一头来杀了，烫洗干净，分肌劈理地卖了一早晨。又把豆子磨了一箱豆腐，卖了钱拿回家来。杀猪卖豆腐，小生意就这样做起来了。一系列操作行云流水，胸有戎竹，显出他农村青年的聪慧能干。这是本书中有实际生存能力的第一人，为他鼓掌！

其次是奉养父母。父亲卧病在床，生活难以自理。他把被单拿来蜷在父亲脚边睡，好在夜间照顾。夜里父亲要上厕所、吐痰、吃茶，随叫随到，只睡两个小时又起床杀猪磨豆腐，开始一天的忙碌。赚钱了就买点鸡鸭鱼肉，做给父亲吃，医药更是不断。哥哥买了一只鸡为弟弟接风，本想请弟弟吃独食，叮嘱"这事不必告诉老爹吧"，但匡超人不肯，先盛了一碗送与父母，剩下的才肯吃。最贴心的是他觉察到父亲烦闷，他便给老人家讲述西湖美景、吃喝玩乐、奇闻逸事，详细说了哄老父亲开心。日日如此，孝顺至此。

等爹好了，带您去吃西湖莼菜、龙井虾仁、西湖醋鱼、红烧狮子头……

再次是解决家族纷争。三叔家趁火打劫，想贱买父亲的房子。为了压低房价串通上一任房主要原价赎回，忠厚老实的父亲被打了一顿，从此气得一病不起。而不靠谱的哥哥任人摆布竟答应了这笔买卖。哥哥得了钱就闹分家，没几天就把卖房得来的银子挥霍完了。而父亲瘫痪在家没有办法搬离，三叔三天两头寻人来骚扰。对待前来讨房的阿叔，匡超人是如何做的？见面时作揖下跪，请三叔喝酒，有礼有节！

三叔莫急！！

三叔

但家庭实在有困难，他言辞恳切说道："阿叔莫要性急。放着弟兄两人在此，怎敢白赖阿叔的房子住？就是没钱典房子，租也租两间出去住了，把房子让阿叔。只是而今我父亲病着，人家说，病人移了床，不得就好。如今我弟兄着急请先生替父亲医，若是父亲好了，作速地让房子与阿叔；就算父亲是长病，不得就好，我们也说不得料理寻房子搬去；只管占着阿叔的，不但阿叔要催，就是我父母两个老人家，住得也不安。"这就是匡超人说话的艺术。搬还是没有搬，但几句话说得既委婉在理，又爽快中听，蛮横的三叔听了竟也答应再等些日子。对待欺压自己家的敌人，他以德报怨，冷静有礼，轻松地解决问题，展现了他成熟稳重的处事才能。

日子如此艰辛又糟心，他仍不忘用功读书。你不得不佩服他的精力旺盛。上午杀猪卖豆腐，中午还忙里偷闲与邻居杀几盘棋。每日晚上伺候老父亲睡下之后，便点起油灯拿出文章来读，直读到凌晨两三点。

读书 使我快乐！

就连后来家里遭火灾，只得借住在和尚庵里，前途茫茫，他虽然忧愁，却仍旧读书不歇，依旧读到凌晨两三点去，这是何等的定力和毅力。他或许真没有什么科举理想，只是单纯喜欢读书，这书便像是生活里的一束光，让他从生活的泥淖里探出头来透一口气，然后又有勇气继续沉潜下去。别人觉得苦，而他却乐在其中。

读到这里，你会发现匡超人没有一处破绽，他拥有人类所有美好的品质，就是个完美的农村小伙。踏实能干、孝顺父母、勤奋上进、宽容待人、成熟稳重……

但是你要知道，这是一本讽刺小说，事情不会这么简单。一场大火烧了他们家的房子，却也改变了他的命运。一家人借住在和尚庙，匡超人依旧白天杀猪卖豆腐，晚上念书到四更。这天晚上他正读书读得高兴，听闻外面敲锣打鼓，许多火把簇拥着一座官轿过去，这是他命里的第二个贵人——李知县上线了。李知县吃惊于如此荒僻村野，竟有如此勤学之人，深夜还用功读书，实为可敬。

于是知县托潘保正向匡超人致意，亲自写了帖子让他报名参加童试。匡超人也争气，考了第一名案首。接着府考、院考，加之李知县在学道跟前极力赞赏匡超人的孝道才识，匡超人顺利考中秀才。本想就这样一路绿灯，在马二先生指明的科举道路上一路驰骋，没想到反转来得很快。父亲去世后，李知县突然被摘印停职查办，匡超人也被差人密报说和李知县来往密切，他恐被牵连赶紧跑路。去哪里？好邻居潘保正推荐他去投奔杭州的表弟潘三。

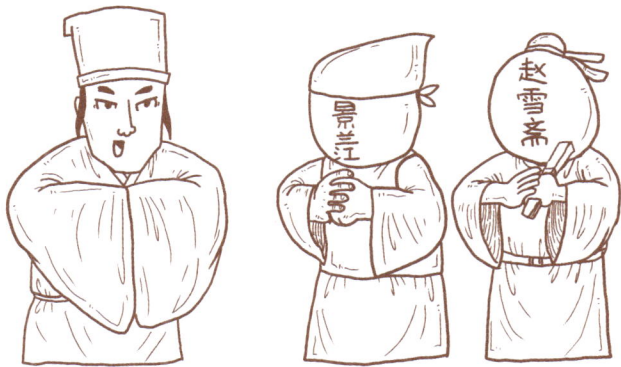

到了杭州，因潘三出公差，匡超人无缘得见，便禾路上结识的头巾店老板景兰江、著名诗人赵雪斋等人来往。

二人带农村小伙匡超人见识了另一种人生——城里名士的生活。景兰江刚和赵雪斋见面，就问："这些时可有诗会？"赵雪斋答："怎么没有？前月中翰顾老先生来天竺进香，邀我们同到天竺作了一天的诗。通政范大人告假省墓，船只在这里住了一日，还约我们到船上拈题分韵，着实扰了他一天。御史荀老先生来打抚台的秋风，丢着秋风不打，日日邀我们到下处作诗。"这里的天竺是指杭州的天竺寺。

赵雪斋提到了很多老朋友：通政范大人是谁？范进。御史荀老先生是谁？荀玫。此时他们都已身在高位，是别人攀附的对象，因此能与朝廷要员一起作诗的赵雪斋语气里满是炫耀："他们邀请我去作诗，我忙死了。"你读懂其中意味了吗？此时的诗已是名士与官员结交的桥梁。官员需要诗歌展现自己不俗的气度，名士需要诗歌攀高结贵，求名得利。

匡超人在景兰江的引荐下，认识了所谓的诗会领袖：麻子支剑峰、胡子浦墨卿。一日几人闲谈，讨论的是一件奇事：有一位黄公，竟然与赵雪斋同年同月同日同时生，可两人命运却千差万别。黄公中进士故知县，却无儿无女，孤身一人；

赵爷不中进士却儿孙满堂！

黄公中进士却孤身一人！

而赵爷不中进士，却子孙满堂。浦墨卿提问：这两种人生，你选哪一个？

匡超人道："还是做赵先生好。"此时的匡超人或许是依恋家庭温暖，因此感慨儿孙满堂的福气，也或许是聪明的他有意说得名士们欢喜，毕竟他们都无功名，果然他这一站队博得众人拍手叫好。

浦墨卿道："读书毕竟中进士是个了局。赵爷各样好了，到底差一个进士。"

景兰江道："赵爷虽不曾中进士，外边诗选上刻着他的诗几十处，行遍天下，哪个不晓得有个赵雪斋先生？只怕比进士享名多着哩！"众人都一齐说道："这果然说得畅快！"

通过这场辩论，我们看到了这些名士的迷茫，他们有的科场不顺，有的根本无科考资格，在名士圈子中混好像对他们人生而言是一种心理补偿。他们也急于寻找一个人生参照物，好照着活，他们共同的偶像就是赵雪斋，但仍对科举功名念念不忘。直到"格局更大"的景兰江点出："人活着不过就是为名，诗名也是一种名，它甚至比科举功名更厉害。"众人才放下执念，坚定名士之路，给自己一天天的虚度找到了最有价值的凭据，给没出息的自己找到了极大的安慰。而此时天真的匡超人的人生价值观受到了一些新的冲击，感慨："原来天底下还有这样一种新鲜的道理。"

✗科举道路
✓名士系统

I Get It

接着景兰江更是直接让匡超人见识到了诗名的"实在效益"。景兰江向新入门的匡超人介绍，胡三公子本是尚书公子，父亲去世后被人欺蒙（还记得他被洪憨仙诈骗的故事吗？），幸亏结交我们才没人欺负他。其中的关键便在于大佬赵雪斋诗名大，官员纷纷拜访结交。近日人们看见赵雪斋也经常到胡三公子家玩儿，就疑猜胡三公子也有势力，因此不敢再欺负他。是否属实没人证实，但这让我们见识到了诗名与权力挂钩所带来的实在效益，这才是最实际的好处。

此时聪明的匡超人也迅速地悟到名士圈的真谛："不慕名利"的名士人设就是得名得利的敲门砖，赵雪斋就是成功的典范。马二先生教我走官方科举道路，这条路来得太慢，可从长计议；景兰江邀我加入名士圈，这却是得名得利的速成法，何乐而不为？

回到故事，各位大佬好久没聚餐，就约定了当月十五日西湖诗会。刚加入名士圈的匡超人慌了，诗人也得会作诗才行啊。绝顶聪明的超人临时抱佛脚突击《诗法入门》，看了一夜就会了；次日又看了一天一夜，作的诗自觉比那些老手的还要好；第三天诗技速成，自信满满地参加诗会去。

正到西湖诗会这一天，既是西湖，又有诗会，想必那一定是雅致极了。可吴敬梓老先生不写美景，也不写诗人风姿，落笔细写胡三公子。诗会是众人集资，由胡三公子统一采购食物。那胡三公子是相当抠门，买鸭子怕鸭子不肥，用耳挖戳戳肉厚才买。想买点馒头当点心，馒头三钱一个，胡三公子只想给卖家两钱，争论不下直接开启骂架模式，终究是嫌弃馒头贵，转而买了挂面。这场诗会的开场确实有些过于真实了。

诗会不可无诗，诗人们分韵已定，各散入城。回城途中，天色已晚，景兰江催促"快些走"，支剑峰已是大醉，口出狂言："谁不知道我们西湖诗会的名士，况且李白穿着宫锦袍，夜里还走。"

模仿诗仙锦衣夜行的支剑峰马上就被打脸了。正好碰着顶头上司盐务总管一眼认出他，见他不仅黑夜酗酒胡闹，而且不过是个盐商，竟敢违规戴方巾装秀才，让人直接上链子锁了。

来人！锁上带走

老大，你被老婆赶出来啦?!

浦墨卿上前说情也被锁了，景兰江拉着匡超人偷偷溜了。西湖诗会便以如此意外的方式草草收场。那诗坛领袖写的诗到底怎样？新手诗人匡超人觉得自己写得丝毫不比这些老手差，至少没有"且夫""常谓"这类硬伤。吴敬梓老先生啥意思？懂的都懂。

匡超人也不是一味跟着附庸风雅，到底得挣生活费。他比景兰江那类假名士务实，又比马二先生那类八股迷灵活善应变。因此，他一时变身为名士，一时是八股文评选家，在省城化身为斜杠青年，混得风生水起。

名士
八股文
评选家

接着匡超人命里第三个贵人——潘三出现了。潘三表面是衙门小吏，实际是黑道大佬。

社会人

潘三

跟他们混没前途呀

是是是哥说的是

大佬潘三将要带匡超人见识到另一种新活法。他告诫匡超人远离那些假名士，做些有想头的事。

什么是有想头的事呢？匡超人不懂，但他马上就懂了。钱塘县衙门里官差抓到一批强奸犯，受害人名叫荷花。县里王太爷把犯人打了几十板子放了，荷花原定被送回老家乐清县。可不料荷花被乡下胡财主看上了，愿意出几百两银子买荷花。潘三一听这不是买卖人口吗？我熟。他很快给出了方案：让匡超人写一份乐清县回批文书，称荷花人已送到，路上便把荷花交与胡家。这事就成了。这也太草率了吧？潘三还有豆腐干假印章，衙门里那一套齐活儿了。同时进行的还有一件买卖弟媳的文件办理。办理结束，两人对饮。此时匡超人见识到了什么叫作"有想头"。

这些零钱你先拿去吧！

过了几日，又来生意了。朝廷官员金东崖挣了钱，也想让儿子进学，可儿子一字不通，考期在即，急需一名枪手代考。潘三说这不是考场舞弊吗？我熟。经过细致入微的谋划，匡超人进入考场，代替金东崖的儿子金跃考中秀才，挣得二百两银子。每一件事都伴随着巨大的利益，这让曾经穷苦的匡超人乐在其中。此时的他甚至觉得有些得意：高端人才的犯罪竟然如此简单，我好像有点天赋在身上。

潘三虽满身匪气，但对匡超人却十分照顾。给银子、娶老婆、租房子、买家具，事事周到慷慨。娶了郑氏娘子的匡超人生活十分幸福，两人生有一女，日子继续。一天，有人上门拜访，来信的人原是昔日贵人李本瑛知县。知县当日是被诬陷的，现在已是朝廷要员给事中，不忘旧情想要提携匡超人。然后，匡超人参加岁考又考中，成为贡生。正当春风得意之时，却得知大哥潘三已入狱。而他参与的案件中自己也有份，恐被连累赶快跑路，没银子怎么办？卖房子啊。

于是他向娘子撒谎说是要到京里做官，鼓动妻子回乡下乐清跟自己的老娘住。娘子不肯，结果他直接卖掉了房子自己跑路了，来到了北京。见了李给谏（即给事中），为了面子，他谎称自己未曾娶妻。

李老爷便把自己的外甥女辛小姐嫁给了他。这时，匡超人又考取了官方教师身份，爱情事业双丰收。不料考取教习的他须回本省取一个证明，这时不得不面对自己的匡妻和女儿，我们好奇他如何难堪，如何尴尬应对，如何收场。结果一回杭州家里便听见人哭，原来正赶上郑氏娘子的葬礼。域里小姐郑氏过不惯农村生活，久了忧郁成疾——死了。匡超人听了止不住落下几点泪。有伤心，但不多，聪明的他处理丧事井井有条，最强调的是排场要整起来，他叮嘱匡大："郑氏死了却也是诰命夫人，请个画家画个像，一定要把凤冠补服画出来，供在家里，她的魂灵也欢喜。"妻子的魂灵怎么可能欢喜呢？

在杭州，他又遇昔日旧友景兰江，匡超人好一顿吹嘘自己教习的威风。刑房蒋二办转告匡超人，说潘三想见见他。为了自身清白，匡超人果断拒绝，并直言若是去见了他，那"就是小弟一生官场之玷"。

至此薄情寡义、虚荣虚伪的匡超人正式上线。

薄情寡义虚荣虚伪

一版再版
热卖
争先抢购
一万册
畅销

去扬州做官的路上，他偶遇诗人牛布衣、冯琢庵，见他们也像是衣冠人物，便拱手作揖，向他们吹嘘自己的八股文选本，一经推出就卖出一万册，人们争相抢购，一版再版，畅销全国，自己都要被读书人供奉神位"先儒匡子之神位"。

牛布衣一听，"元儒"，不是已经去世的儒生吗？您还活着，咋能这么称呼呢？匡超人脸一红，又开始瞎掰圆谎。

聊着聊着说到马二先生，匡超人就开始批评说："他的选本理法有余、才气不足。"

马二？
马二选本不行！

忘恩负义衣冠禽兽

不去见潘三，我们还可以把他说成是出于正义，而马二先生是改变他一生的恩人啊。想当初，马二尚不富裕，却拿出十两银子给他做生意，养活父母。冬日里怜惜他冷，送棉衣棉鞋。萍水相逢，侠义如此。昔日的结拜弟兄，转眼就被匡超人踩低以衬托自己的才名。至此，忘恩负义、衣冠禽兽的匡超人已上线。

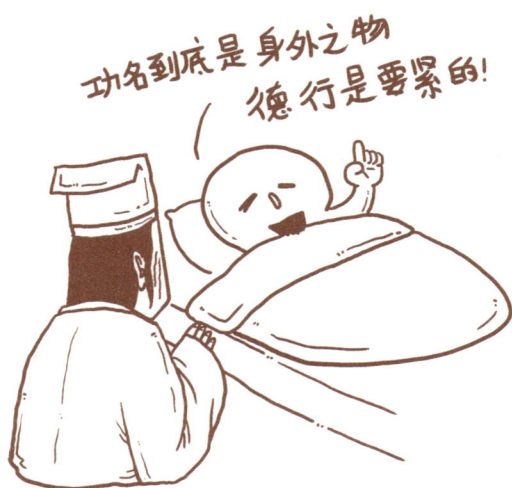

功名到底是身外之物
德行是要紧的!

　　记得匡超人的母亲说过一个梦，梦里一个人道："你儿子却也做了官，却是今生再也不到你跟前来了。"一语成谶，果然他的孝心也仅仅停留在排场和体统里，他这样嘱咐他的亲人："逢着亲戚们办酒宴，娘的补服要穿起来，显得与众人不同。以后哥哥在家，别人也要称'老爷'，凡事才有体统。"那个曾经温暖的少年已死。

　　记得父亲临终时叮嘱他："功名到底是身外之物，德行是要紧的。切不可因后来日子略过得顺利些，就添出一肚子里的势利见识来，改变了小时的心事。寻亲事，总要穷人家的儿女，万不可贪图富贵、攀高结贵。"

　　匡超人终究成为他父亲最不想让他成为的人，曾经人类所有美好的品质他都拥有，现在人类所有美好的品质都已从他身上消失。

所有的故事里，匡超人的故事最让人悲伤。悲伤之处在于，我们一步步见证了他的堕落，而我们不忍责备他。一个半夜读书的人并非心智孱弱，甚至他的品质已是完美。可他面对的是怎样的一个世界？是不是一个灌输给青年良心与正义的社会？这世界给他展示了三条路：一条是马二先生给的科举正道，一条是景兰江的名士之路，一条是潘三给的黑恶势力之路。

四书五经里的智慧不能阻止他堕落，甚至成为他作恶犯罪的工具；名士之路让他见识到了"名"的权力效益；黑恶势力的勾当让他实实在在见到了"利"：这三条路一步步引导匡超人走向堕落。匡超人果然是超人，他三条路走得又稳又顺，结尾的他正春风得意，走在上京赴任的路上。但悲哀的是，他已经变成了一个彻底的恶人，失去了人之为人的本真。

　　整个故事里，做好人时又苦又穷，多灾多难；做恶人时名利双收，诸事顺遂。这简直是一个黑白颠倒的世界。而它指向一个终极问题：在价值幻灭的封建时代，一个清白的好人究竟该怎样生活？

　　小说告诉我们，这三条路都走不通，可能还是杀猪和卖豆腐才是正道。

严贡生和匡超人正在参加"谁最无耻"的评选活动，这时远远传来一个声音："这个比赛不能没有我！"这人就是牛浦郎。

牛浦郎出身贫寒，却非常好学，时常读书读到深夜，这不是又一个匡超人吗？细读你会发现二人的不同。匡超人虽家境贫寒，却也上过几年学，聪明伶俐的他勤奋钻研，出场时便能写出成篇的八股文。而牛浦郎更惨，父母双亡，从没上过学，顶多算个学堂的旁听生。匡超人实现人生逆袭倒也说得过去，牛浦郎要如何实现人生逆袭呢？

读懂牛浦郎，先要认识一个人，他叫牛布衣，本朝著名诗人。曾在范进府上当幕客，娄三、娄四公子的莺脰湖聚会也有他吟诗助兴，也曾直接戳穿过匡超人"先儒匡子之神位"的无知言论。可见这是个一直存在但存在感不强的线索人物。

一日，牛布衣为寻访朋友，借住在芜湖县的甘露庵里，日日和庵里的老和尚谈论古今，甚为相得。但因剧情需要，故事还没演够两集就生病去世了，留下了至关重要的道具——他的两本诗集。

115

临终时他嘱托老和尚，期望遇着一个后来的才子替他把诗集流传下去。他死后，老和尚遵照他的遗言，在棺材上写"大明布衣牛先生之柩"，将棺材停在庵里的柴房内，等候哪日遇见个牛布衣的故乡亲戚将他带回故乡绍兴安葬。

老和尚的生活又归于平静，而此时，一个十七八岁的少年每晚到庙映着琉璃灯念着书，这便是牛浦郎。原来他父母早亡，与爷爷牛老儿相依为命，开着一个小小的香蜡店维生。

祖孙二人勉强糊口，更没钱上学念书，但他每当从学堂门口经过都忍不住停步，听听里面念书的声音，觉得好听。自己又没钱买书，便偷了爷爷店里的钱买来看。或许是怕爷爷发现他偷钱，便跑到附近的甘露庵前，借着门口的琉璃灯光读书。

老和尚见他如此上进，便邀请他到屋里读书，每晚要读到深夜。老和尚听了几天，却发现了问题。原以为牛浦郎读的是应考科举的八股文，想借此改变命运，没想到他念的却是唐诗。老和尚便好奇地问他："读诗干什么呢？"牛浦郎回答："我们经纪人家，哪里还想什么应考上进？只是念两句诗破破俗罢了。""破俗"这话就很不俗，老和尚顿时肃然起敬，佩服这少年的心志和见识。

只是念两句诗破破俗

和尚接着问："你能否讲讲自己读诗的心得？"牛浦郎倒很诚实，说道："很多诗自己读不太懂，讲不出个所以然；偶尔有一两句能懂的，心里就会觉得无比欢喜。"不得不说，此时的牛浦郎确实不俗：偷钱买书，借光读到深夜；虽读不懂诗，却向往诗的意境；偶尔读懂一两句，便真心欢喜。身在生活的泥沼，却心怀诗和远方。不俗，不俗！

老和尚很高兴，觉得眼前这位十七八岁的乡村少年或许就是牛布衣说的后来的才子，但现在牛浦郎火候不到，便答应他等过一阵，送他两本诗集。

后来老和尚下乡念经，这事就搁下了。可老和尚越不肯给他看，他就越好奇，于是自我开解"三讨不如一偷"，小偷牛浦郎上线。

平时他早已偷惯爷爷的钱，这一次更是轻车熟路，溜进老和尚的卧室，偷出《牛布衣诗稿》据为己有。牛浦郎如饥似渴，在灯下读起来。本就文化程度不高的他读唐诗，用典处太多就读不太懂；而这本诗集是当代诗人写的，相比之下就易懂多了，心领神会处不由得眉开眼笑、手舞足蹈起来。

好诗好诗

做一位诗人！

果然书中自有黄金屋

读到这里，你依然觉得牛浦郎是可爱的，会忍不住为他的偷盗行为开脱，认为他就是一个如痴如醉的读书狂魔罢了。接着他发现诗歌的题目更有意思，写着 "呈相国某大人""怀督学周大人""娄公子偕游莺脰湖分韵，兼呈令兄通政""寄怀王观察"，他一下发现了飞黄腾达的秘密："原来不用非得参加科举考试，只要会作几句诗，便可以结交这些官员老爷！""你说巧不巧，这人叫牛布衣，我也姓牛，干脆以后我改名牛浦，号牛布衣！"盘算清楚后，他开心得一夜睡不着。

你或许很奇怪，这盗号行为会不会太草率？此时牛浦郎并不知道牛布衣已死，那么，被牛布衣发现怎么办？被认识牛布衣的朋友发现怎么办？不说远了，被认识牛布衣的老和尚发现的话如何交代？但显然，狂喜的牛浦郎没有严密地考虑。但你放心，这些破绽之处，最佳编剧吴敬梓老先生已经安排妥当了：牛布衣已经被写死了；牛布衣生前好友冯琢庵也在外做官，顾不上联系老友；唯一知道真相的老和尚也因为剧情需要进京做方丈去了。就这样，一个读唐诗都读不太懂的人摇身一变，成为本朝著名诗人牛布衣。

牛浦郎打定主意，立刻开始行动。第二天，他便去店里刻两方印章，一方刻"牛浦之印"，另一方刻"布衣"。印章店主人郭铁笔上下打量了牛浦郎一番，不由得肃然起敬，问："先生便是牛布衣吗？"初次以假名号行事的牛浦郎丝毫不慌，淡定答道："布衣是贱字。"郭铁笔一听，高手啊。他马上爬出柜台重新作揖奉茶，连刻印章的钱都免了，并提出好几位朋友仰慕先生，改日一定去拜访。

　　荣耀来得这么快？牛浦郎怕露馅，便说邻郡有朋友相邀写诗，明早就走，才得以推掉邀约。看到此处你就能发现"牛布衣"的诗名有多大的威力了，随便一个刻印章的人都对他推崇备至，而天底下爱诗之人真如此之多吗？非也非也。只因大家都知道与牛布衣相交的都是当朝权贵，大家并非爱诗，只是爱权贵而已。

　　老和尚受任到京做方丈，走时委托牛浦郎照看庵里的物件。唯一知情人老和尚一走，聪明的牛浦郎随即拿了一张白纸写上"牛布衣寓内"，贴在甘露庵门上，将甘露庵当作自己的私人工作室，每天过来走走。

　　这期间，牛浦郎还解决了人生大事。祖父牛老儿为他娶了邻居开米店的卜老爹的外孙女贾氏做媳妇，并把香蜡店传给了他。可成家之后的牛浦郎并未立起业来，不久香蜡店亏损倒闭，爷爷责问他，他一顿"之乎者也"胡扯，把爷爷气死了。

　　穷得叮当响的牛浦郎卖了房子，在卜老爹的资助下才办了丧事。没了工作和房子的牛浦郎和媳妇搬到卜家暂住，在卜老爹的帮衬下，日子一天天混过去，可不久卜老爹也去世了。没有了好心的卜老爹的照应，整天无所事事、满口"之乎者也"的牛浦郎在卜家就显得尴尬不已。日复一日地这样住着，妻子的两位舅舅——卜诚、卜信看牛浦郎越加呆气可恶，牛浦郎看他们也越加俗气低贱。

　　人生到低谷时，转机也来了。一日，他发现了工作室甘露庵有一张从门缝里塞进来的帖子，上面写着："小弟董瑛，在京师会试，于冯琢庵年兄处得读大作，渴欲一晤，以得识荆。奉访尊寓不值，不胜怅怅！明早幸驾少留片刻，以便趋教。至祷！至祷！"

吓我一跳！

卜信

乡野之人不懂礼节 不要介怀

既是"在京师会试"那便至少是个举人老爷，"以得识荆"便是从未见过面。天眦我也，正好借这位老爷杀杀卜家兄弟的傲气。于是牛浦郎也写了个回帖贴在门上，邀请这位董老爷来他客居的卜家相会。回家后，牛浦郎端着架子让卜家兄弟负责接待工作，开米店的卜家兄弟一听见有老爷来拜访，也很开心，一早起床就拖地、煨茶，十分尽心。

不多时，董瑛果然来拜，眼见这个"牛布衣"如此年轻，一番夸奖赞叹。牛浦郎马上戏精上身，直说："晚生山鄙之人，胡乱笔墨，蒙老先生同冯琢翁过奖，惭愧惭愧！"

客套完毕，落座奉茶，卜信不知礼节，捧出两杯茶从上面走下来，送完茶后也不知退避，直挺挺站在客厅中央，牛浦郎见势马上向董瑛道歉，说"村野之人不懂礼节，不要介怀"。

　　这话当然不是说给董举人的，而是借董举人之势打压羞辱卜信呢。卜信羞得脸飞红，恨不得找个地缝钻进去。

　　董瑛临走时告诉牛浦郎，自己已被授县令，很快便要上任，邀请他来相会，好日夜请教诗歌。这让牛浦郎更是得意至极。董瑛走后，卜家兄弟埋怨牛浦郎不该当面羞辱。双方争执不下，牛浦郎拿腔作势直言要"明日向董老爷说，拿帖子送到芜湖县，先打一顿板子"，气得兄弟二人直接把忘恩负义的牛浦郎扭送至官府。路上，在郭铁笔的调解下双方才不致对簿公堂。牛浦郎直接离家出走，搬到了甘露庵，他好像忘了什么？对，是妻子贾氏。不过这不重要。

你把老婆丢啦!

这时的牛浦郎一点也不可爱，他在卜家白吃白住，整日无所事事，感恩之心或许在日日的相处中消失殆尽，但借董老爷之势羞辱打压妻舅，可就是怨将仇报了，可见牛浦郎绝对是睚眦必报的阴险小人。

离家出走的闲汉牛浦郎吃什么？住哪里？老和尚不是走了吗？他干脆搬到工作室甘露庵，将老和尚的家当全都卖了，换得二两银子。

偶然得知董瑛已是安东县县令，牛浦郎大喜，带着银子搭船来投奔董瑛。在路上，牛浦郎结识了另一牛人——牛玉圃。牛玉圃一见面就认牛浦郎做侄孙，让牛浦郎叫他叔公。牛浦郎乐得省下盘缠，欣然答应，随之同行。

我是牛浦郎？
还是牛布衣？

无定向,间歇性
健忘

呃……
我叫……

　　牛玉圃带他见盐商大佬万雪斋，本想让牛浦郎充作自己小弟长长脸面，没想到见面时，万雪斋问牛浦郎姓甚名谁、贵庚多少。牛浦郎一下慌了，小地方还可以胡乱编了骗骗人，这大场面没试过啊，到底说牛浦郎还是牛布衣好呢，越纠结越慌，错失了答题机会。牛玉圃见场面尴尬住，赶紧接话替他回答。

　　饭后牛玉圃带他逛万家别墅小院，便责问牛浦郎："主人刚刚问话，你怎么不回应？"语气里有些埋怨。没想到牛浦郎走路不看路，一脚掉入水塘。

牛玉圃见牛浦郎实在是乡下小样子，上不得台面，此后赴宴会宾客不让他出席，不带他玩儿了，牛浦郎由此心生怨恨。仇恨的种子在心中发芽，只等待一个时机。他无意间从一个道士处听闻了盐商大佬万雪斋的八卦。原来这位富豪的身世并不光彩，起初只是程明卿家中的小管家，后来利用程家资源慢慢赚起钱来，后来干脆赎身出来，自己开盐务公司，生意越做越大。而东家却亏损败落，即使心有怨气却也只好回安徽老家。万雪斋还替儿子娶了翰林家的女儿，大摆排场。没想到就在翰林亲家上门做客的这一天，旧日主子程明卿一早就到他家端坐。万雪斋没有办法，见了程明卿只得磕头，拿出一万两银票才把瘟神送走。

你可能会想，他惶恐什么呢？这份惶恐来自商人身份和他卑贱的出身。重农抑商的时代，商人纵然有钱，社会地位依然不高，更何况他原先只是程家一个签了卖身契的无名打工仔。因此这位逆袭的富豪需要更多外在的东西来彰显自己尊贵的身份：修建最豪华的花园，一桌一椅尽显豪奢。用钱结交官绅，以示身份尊贵。楼厅上都金字写着"慎思堂"，谁题的字呢？两淮盐运使司盐运使荀玫书。还记得荀玫吗？我们的老朋友，现在已是万雪斋需要花无数银子结交的权贵。他心甘情愿养着如牛玉圃一样的无用书生，只为享受他们的吹捧奉承。他使劲纳妾，第七个小妾生病需一味"雪虾蟆"，三百两银子丢出去，吩咐小弟找遍全世界也得找出来。

一切的一切，就是要用最响亮的声音告诉全世界：你看我多么成功。可越是声音响亮，就越显出他内心根植的自卑，因此他最忌讳别人提他与程明卿的这段黑历史。牛浦郎马上心生一计，报仇机会不就来了吗？

万雪斋小妾生病需一味药"雪虾蟆"，牛玉圃吩咐牛浦郎去苏州买来，也好从中赚几两银子。临走前牛浦郎就对不明情况的牛玉圃说出一条妙计："叔公，万老爷和您只是文字相交，我听说他最信任程明卿，如果你和他提及程明卿，他一定会把银钱账目也放心交给你的。"

吹牛大王牛玉圃马上表示程明卿可是我老相识，牛浦郎此时内心一定在暗笑。一日在万雪斋的席间，牛玉圃便假装云淡风轻地提起"徽州程明卿"，自顾自地说，"这位程先生跟自己是拜把的兄弟，前日来信告诉我过两天就要来拜见您呢"。万雪斋一言不发，心里想："又揭我伤疤，还要来拜我？又要讹我银子？真是谢谢您嘞！"自此，被揭了黑历史的万雪斋气得直接和牛玉圃断绝了来往，牛玉圃的财路断了，这才知道是上了好侄孙牛浦郎的当。

牛浦郎没买到药，回来后，牛玉圃先是不动声色把买药的银子收了回来，后和牛浦郎坐船来到龙袍洲，到人烟稀少处，牛玉圃叫两个打手剥光了牛浦郎的衣服暴揍一顿后，把他扔在粪坑旁，扬长而云，任他自生自灭。

龙袍洲WC

可命运就是这么神奇，牛浦郎运气不错，才过半日便有人路过，他连喊救命，自称是个秀才，本要去投奔安东县董知县，不想遇到强盗，被打劫一空。谎话张口就来，语气那么坚定，不由得别人不信。刚好船上黄老爹也是安东县人，得知他是知县的朋友，更加恭敬。

好心的
黄老爹

　　黄老爹替他买了像样的衣帽，直接将他送到了董知县跟前。假牛布衣和董瑛二人久别重逢，很是亲热。黄老爹见牛浦郎果然是县长的朋友，对他更加尊敬，还将自己的女儿嫁给了他。牛浦郎撒谎惯了，也不在乎自己曾娶过亲，估计他都已经忘记自己还有个贾氏娘子了，高高兴兴地又娶了一个，没事去县衙混混，和知县读两句诗，借知县朋友的名头说个人情骗点钱花，日子过得很是逍遥自在。

　　盗号者牛浦郎难道没有报应吗？真牛布衣的妻子得知长期失联的老公在安徽芜湖甘露庵，千里迢迢赶来却只看到一具棺材，时间太久，风吹雨淋，棺材贴头上的字都剥落了，只看得到"大明"两字，连"牛"字都只剩下一横，牛夫人也不确定这是不是牛布衣的棺材。

懸高鏡明

肯定是你

　　后听得郭铁笔的线索，最终顺藤摸瓜找到了牛浦郎，牛奶奶见他门口贴着"牛布衣代做诗文"，见面却发现不是老公，便将牛浦郎告上公堂，控诉牛浦郎谋害牛布衣，冒称牛布衣名号行走江湖。

　　读到此处，我们也许会想牛浦郎的报应终于到了。此时董知县已经升职，知县已换了向鼎。董知县临走时将诗友牛浦郎托付给了向鼎，拜托他好好照顾。加之他本觉得这案子莫名其妙，无凭无据，认为不过是重名而已，于是这案子也就不了了之。

　　牛浦郎的故事到这里就结束了，我们期待的报应并没有来。之后其牛布衣的假身份是否被揭穿了呢，是否有报应呢？其实吴敬梓已经告诉我们答案了，不会有。牛浦郎本是一个小偷，最开始偷钱、偷诗集、偷卖老和尚家产、偷诗人名号，一步步逐渐成长为"大骗子"，说谎骗钱是基本技能，有了权力的加持更加肆无忌惮。这就是这个故事的荒谬之处：一个欺世盗名内心阴暗的小人，竟然活得大摇大摆、理直气壮，明明有穿帮的风险却一次次安然无恙。

　　你或许会想，遇到作诗场合怎么办？这可是要真才实学的啊。以牛浦郎的演技，大可胡诌几句，众人也会称好；再不济，尴尬时作清高姿态直接走人，众人都会以真性情替他自圆其说。也就是说他头上顶着著名诗人的帽子，他胡作非为、逢场作戏，都会有人替他叫好。

　　成为他庇护所的不仅是牛布衣多年经营的诗名，还有人们对权力的畏惧。牛浦郎的盗号行为并非没有人知道，旧邻居石老鼠就知道真相，借此来要挟牛浦郎要几两银子，牛浦郎不给，直接闹到安东县府。

聪明的
给点银
两完事

石老鼠

你有
证据吗！

算了，人家
后台硬得很

石老鼠

衙

　　结果呢，所有衙役都知道牛浦郎是知县的好友，纷纷规劝石老鼠老实一点，别自讨苦吃。你看，诗名是他的敲门砖，权力则是他头上的保护伞。

牛浦郎的保护伞是董瑛，你可能会想，市井小骗子能骗市井百姓还说得过去，竟能将正经科举出身的董瑛骗得团团转？难道他们就一点没发现这小骗子的不学无术？这就是吴敬梓先生的高明之处了，这是在暗讽这些所谓读书人的学问与牛浦郎相比不过是半斤八两。读了几十年书、当了大官的范进都不知道苏轼是何人，董瑛大概也强不到哪里去。他们不过是"你骗我来我骗你"。牛浦郎图利，官员董瑛图什么呢？当然是"名"，证明自己不俗的虚名。他们用谎言和演技互相成就罢了。

　　你会发现这种荒唐不仅是他一人的荒唐，而是整个社会的荒唐，人人都是吹牛大王。牛浦郎和道士说话，为了标榜自己的身份，他说："我一向在安东县董老爷衙门里，那董老爷好不好客！记得我一初到他那里时候，才送了帖子进去，他就连忙叫两个差人出来请我的轿。我不曾坐轿，却骑的是个驴，我要下驴，差人不肯，两个人牵了我的驴头，一路走上去。走到暖阁上，走的地板格登格登地一路响。董老爷已是开了宅门，自己迎了出来，同我手挽着手，走了进去，留我住了二十多天。我要辞他回来，他送我十七两四钱五分细丝银子。送我出到大堂上，看着我骑上了驴，口里说道：'你别处若是得意，就罢了；若不得意，再来寻我。'"

那时董老爷挽着我的手……
留我住了二十几天，还送我钱!!……

一起吃饭吧!

王义安

　　一大段的话里，驴、暖阁、地板"格登格登"的响声、精确到"十七两四钱五分细丝银子"，如此丰富而精准的细节，不由得人不信。我想如果牛浦郎穿越到现代，这描摹细节的能力一定能让他成为个写作高手。

　　他结交的牛玉圃也是个吹牛大王。牛玉圃偶遇旧友王义安，拉着牛浦郎一同吃饭。

九门提督那个啊!

哦!对对对!!!

王义安

　　为了标榜自己的身份，席间牛玉圃开始怀旧说："我们在齐大老爷衙门相别，直到现在。"事先两人没有对好剧本，王义安反应慢半拍，便问："哪个齐大老爷？"牛玉圃提醒："做九门提督那个啊。"王义安秒懂后也开始胡编乱造。

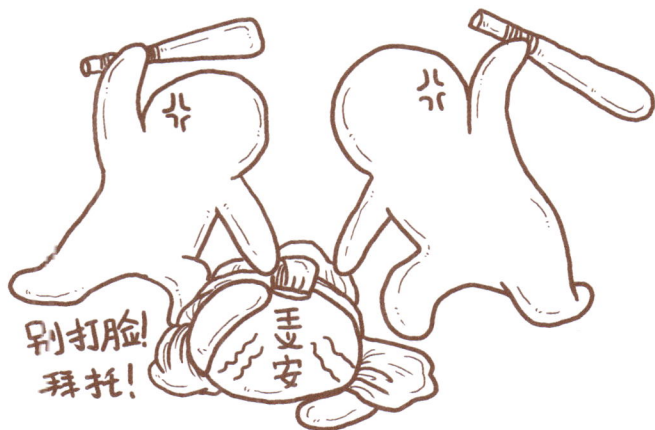

结果一出好戏还未开场就被两个秀才撞破，逮着王义安是一顿乱揍。原来王义安是开妓院的，根本没资格戴方巾，这是违规行为，扭送官府要定罪的，两个秀才借此要挟，狠狠敲诈一笔银子才作罢。

读到这里，读者才反应过来，"齐大老爷"之类的话不过是牛玉圃随口编来给自己提升咖位的，只是没想到打脸来得这么猝不及防。

再看向知县审理一则案件：一个和尚在头上撒点盐，走到牛身边，牛舔食了盐马上就流出眼泪，和尚就称这牛是自己父亲转世，见了自己因此伤心流泪。

这是我牛爹，多加点吧！

牛主人心软，便将牛施舍给和尚，和尚转手就卖给了邻居。买了牛的邻居把牛杀了，结果老和尚又说这牛是父亲变的，要多卖几两银子，前日卖亏了。

出家人本应该慈悲为怀，可书里的这个和尚坑蒙拐骗的招数实在太奇绝，都用上"轮回"的伎俩了，突然心疼向知县一秒钟。

牛浦郎的故事是主线，他的荒唐搅动了整个社会烂臭的沉泥。这些人身上的关键词便是"骗"。牛浦郎骗名，牛玉圃骗名，老和尚骗利，他们骗别人，也骗自己，直到最后人性中假的一面完全掩盖真的一面，恶的一面完全吞噬善而美的一面。由这些人构成的社会便如魔幻世界一般，什么无底线的事都有可能发生。

你去找杜少卿，他人傻钱多！

杜慎卿

鲍廷玺

杜慎卿，是书中一个表面风雅的庸俗之士，但在当时的社会眼光里，他绝对是人生赢家——既赢得雅名，又得了实利。相比之下，同样出身豪门的表弟杜少卿就显得没那么聪明了。

杜少卿，名仪。他的出场来自杜慎卿的助攻，穷困潦倒的戏子鲍廷玺原本在杜慎卿家打杂，见杜慎卿举办莫愁湖选秀大会，花钱如流水，便想让他施舍钱财，自己重新组个戏班子过生活。可精明的杜慎卿立刻明确拒绝了，推荐他去找自己的呆弟弟——杜少卿。

在杜慎卿的科普中，我们了解到：杜少卿出身名门，爷爷中过状元，父亲是江西赣州知府。杜少卿自己也不差，是一个秀才。但在哥哥的眼里，少卿就是一个"呆子"，呆在何处？"不上一万银子家私"，却仿佛有上十万一样的做派。倚着祖上的基业坐吃山空，他坐吃山空的方式很特别，并不是自己挥霍，而是将大把银子捧出去做慈善。

儒林外史
大慈善家

鲍廷玺一听很开心，杜慎卿还叮嘱了许多"见呆子须知"：先去找管家王胡子——王胡子好酒，不要忘记买些酒孝敬他。要让王胡子在杜少卿面前推荐你，说你是杜家太老爷极喜欢的人，他一定拿大捧银子给你花。谨记：见到少卿不要叫老爷，要叫少爷；也不要在他面前说人做官有钱之类的俗话。取得真经的鲍廷玺随后便离开南京，过江往天长进发。遵循杜慎卿的指引，鲍廷玺顺利进入杜府，我们终于通过鲍廷玺的眼见到了传说中的杜少卿，他"头戴方巾，身穿玉色夹纱直裰，脚下珠履，面皮微黄；两眉剑竖，好似画上关夫子眉毛"。这很平常啊，哪里呆？

一日，少卿正在和父亲老友韦四太爷、新来的鲍廷玺、医者张俊民一起吃着存了八九年的好酒呢，管家王胡子抬着一箱刚做的新秋衣上来，并带来了杨裁缝。裁缝一见杜少卿，倒头便拜，放声大哭，把正在吃酒的杜少卿吓了一跳。随后杨裁缝自述："我这段时间一直在少爷家做工，今天完工，领了工钱回家，却发现母亲暴病去世，安葬母亲用的棺材衣服一件也没有，想借几两银子安葬母亲。"杜少卿一听，几两银子哪里够，至少也得二十两！但手上没活钱，让管家直接当了新做的一箱秋衣换了银子，送给杨裁缝，并叮嘱裁缝不要放在心上："人孰无母？这是我该帮你的。"

在一旁的鲍廷玺见罢，觉得不可思议，吐着舌道："阿弥陀佛！天下哪有这样好人！"杜慎卿说他是呆子，果然！自己的事有指望了。

杜府老管家娄老爹重病，却享受着太老爷退休一般的待遇，养在家里。好吃好喝照顾，名医名药医治，一早一晚杜少爷亲自服侍。

他还送娄老爹的孙子一百两银子，叮嘱他回家做生意。旁人看来"一个管家罢了，不过送他几两银子，打发他回去便了结了"，杜少卿真是呆！如此疯狂做慈善的结果是"银行卡余额不足"，只好卖掉祖先留的田产，得了一千多两银子。他的朋友们纷纷"闻银而至"。

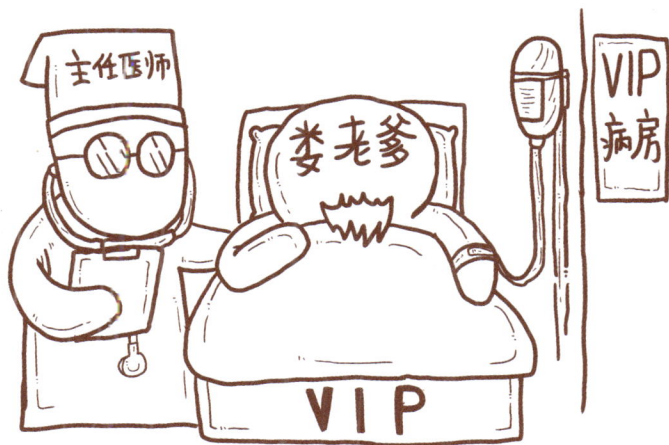

　　看祠堂的黄大自家房子倒了，没钱修补，一见杜少卿倒头便拜，并说："这房原是太老爷买与我的。"一看就是熟读"见呆子须知"的人啊，少卿一这话，便马上拿出五十两银子给他，叮嘱"用完了再来与我说"。呆！

　　正逢科举时节，医者张俊民的儿子想要应考，但他并不是本地居民，按规定不能参加本地考试，便想通过王胡子求杜少卿帮忙出面搞定这事。王胡子建议："千万不要求他帮这忙，他最不欢喜别人说应考，如果你去求他，他反倒劝你不考。"但聪明机智的王胡子最懂杜少卿的心理，便向他说："我家太老爷拿几千银子盖了考棚，白白便益众人，少爷就送一人去考，众人谁敢不依？"一句"太老爷"让少卿回顾祖先美泽功绩，一句"众人谁敢不依"引起杜少卿共鸣，引得他不由得愤慨地说"学里秀才，未见得好似奴才"，直言科举选拔出来的人才，都是些攀附权贵的奴才。一个成功的激将法让杜少卿出面保张俊民儿子参考，又替他出了一百二十两银子修学宫做赞助。呆！

　　好友臧蓼斋约请杜少卿到他家喝酒，备了一桌好酒好菜，"恭恭敬敬，奉坐请酒"。酒席将终时，臧蓼斋斟了一杯酒递给杜少卿，扑通一声跪倒在地。吓得杜少卿赶紧把酒杯丢了来扶，拉起臧蓼斋的手问这是为何。臧蓼斋说："你吃我这杯酒，应允我的话，我才起来。"杜少卿莫名其妙，只好答应。

你不答应我
我长跪不起！

臧蓼斋

？？？

原来正值科举时节，臧蓼斋收了人家三百两银子答应替人买秀才，结果上级部门查得紧，中介回说"不敢卖了"，倒是可以答应他在秀才学业考试时把他考在第一等前列，于是他就挪用了这笔钱给自己补了廪生。廪生优惠多多：不仅每日享有朝廷的生活补助，中举做官的概率还大大增加。就算不中，也有做知县、知府辅佐官的资格了。可现在麻烦的是买秀才的人家要来退回这三百两，如果不还，这件事就瞒不住，搞不好身家性命都要搭进去，便有了上文要赖撒娇的这一幕。

杜少卿一听："我以为多大点事儿，这有什么要紧，我明日就把银子送来给你。"次日杜少卿果真一早便送了一箱三百两银子到家。好友臧蓼斋参与科举舞弊，买卖功名，满心做官发财，可杜少卿却不问是非，豪气相助，呆！

鲍廷玺眼看杜少卿将大把大把银子捧出去给别人，卖田产的千两银子快要送完，心知是时候发挥自己的特长，上演苦情戏了。他斟了一杯酒递给杜少卿，谎称自己有个老母亲，自己不能养活母亲罪该万死。说得凄凄惨惨。见鲍廷玺又是老太爷生前敬重青睐的人，少卿爽快地给了他一百两银子让他重新组戏班子过生活，叮嘱"用完了，你再来和我说话"。

读到这里，你会发现这杜少卿简直就是个永久提款机，解锁这提款机的方式很简单：或是倒头便拜；或大哭诉说生活之苦，演一出苦情戏；或搬出考爷或太老爷打一打怀旧牌。

杜少卿这一番撒钱的豪举，并不能得到我们的敬意。就如娄老爹临终时对杜少卿的一番忠言："像你做这样慷慨仗义的事，我心里喜欢；只是也要看来说话的是个什么样人。像你这样做法，都是被人骗了去，没人报答你的；虽说施恩不望报，却也不可这般贤否不明。"此时的杜少卿，不过是一个"人傻钱多"的贵公子，那份散尽千金的潇洒、助人为乐的善良，只因有着财富做后盾显得无比寻常。

在一通疯狂做慈善之后，他败光了祖上的大部分家产，上万两的家产最后只剩得千把多两银子，难以维系往日体面的生活。没有钱的杜少卿怎么办呢？发奋图强整理家业？参加科举考试博功名？都没有。他从容不迫打点行装，准备带着妻子前往南京生活。

路上，仆人王胡子见没有"钱"途，拐了二十两跑路了，少卿付之一笑。

到南京之后，杜少卿未改往日陋习，依旧豪爽大方。刚认识没过半日的季苇萧厚着脸皮对杜少卿说："我也寻两间河房同你做邻居，这买河房的钱，就出在你！"把"不要脸"都已经写在脸上了，读者都想直接冲进书里喊："杜少卿，你清醒一点！"可是杜少卿却道："这个自然。"在朋友的"帮助"下，一千多两的存款很快就用完了！贵公子就要变叫花子了。

祖父旧日的学生李巡抚知晓杜少卿的才华，便要举荐他做官。杜少卿想亲自感谢这份厚意，便起身到安庆回话，没路费的他不得已当掉了一只金杯换得三十两银子，才得以启程。

回程时叫了一只船回南京，三两船钱都欠着。不想一路逆风，船又耽搁了几日。路上船家要钱买米煮饭，杜少卿一寻，只剩了五个钱。杜少卿算计着要拿衣服去当，心中郁闷不已，便到岸上走走，先吃了茶，肚子饿了，又吃了三个烧饼，"倒要六个钱"。而这六个钱贵公子杜少卿竟然拿不出来，这茶馆门都出不去。

　　真是尴尬了，一代慈善家沦落到给不出烧饼钱的地步了。幸亏遇得旧相识来霞士付了茶钱，又得韦四太爷送给他十两银子才得以从茶馆脱身回到南京。

　　回家后，他把前日路上烧饼都吃不起的窘事，当作一场笑话讲给娘子听，娘子听了也笑。

刚刚好尴尬

　　后来，好友迟衡山提出要建泰伯祠，请杜少卿捐赠钱财，杜少卿当即痛痛快快捐了三百两。要知道，此时的他已不是从前的杜少卿，这三百两拿出来，绝不似从前那般轻巧。

　　郭孝子二十年走遍天下，千里寻父。杜少卿敬佩郭孝子的为人，让娘子帮他浆洗衣服，置办酒席款待。他体贴郭孝子需要金钱上的帮助，当掉自己的衣服换得四两银子，送给他做盘缠。

　　当初家财万贯之时，凡有人相求，从不懂拒绝，出手便是几十两、几百两银子。我们夸他一句豪爽大方，但更多的时候是叹他"人傻钱多"，不善识人。而后他穷困潦倒，有人相求依然不懂拒绝。哪怕穷到典当衣服，也要表达对他人的敬佩与支持。

　　杜少卿依旧是那个杜少卿，从未改变初心，只是褪去了富贵荣华之后，他那颗纯净的善心，才更容易被我们看清。

金钱不是我快乐的源泉

我的梦想：当君子！

杜慎卿骂他呆子，我们也觉得他傻，替他不值，是因为我们把目光集中在钱财上，而他眼里看见的是"人"，是人的德与善，是人的苦难与不易。很多人都知道杜少卿的提款机密码是"老爷"或"太老爷"，但很少有人懂得他的坚持：他敬重他的祖辈父辈，并有心在继承那套看起来过时的君子价值观。

杜少卿的长辈们虽然没有戏份，但却有人时时提起。翰林高老先生说："到了他家殿元公，发达了去，虽做了几十年官，却不会寻一个钱来家。到他父亲，还有本事中个进士，做一任太守——已经是个呆子了：做官的时候，全不晓得敬重上司，只是一味希图着百姓说好；又逐日讲那些'敦孝悌，劝农桑'的呆话。惹得上司不喜欢，把个官弄掉了。"可见杜少卿祖父与老爸都是清廉为民的好官。王胡子说"太老爷拿几千银子盖了考棚"，可见是个热心为公的人。

从小耳濡目染，杜少卿便知金钱只是身外之物，只是一个手段，而非目的，重要的是成为一个君子，行君子之事。

当杨裁缝要钱葬母、鲍廷玺要钱养活母亲时，他看到的是"孝"；黄大要钱修房，他想的是继承太老爷的君子之行，尽自己所能帮助他人。这在一个人人以名利为目标的社会，他当然是一个异类。

若由此说杜少卿是一个真君子，你或许仍有异议，责备他识人不善、不分是非。其实他也并非不知道臧蓼斋、张俊民的为人。臧蓼斋参与科举舞弊，买卖功名，杜少卿竟然出钱相帮，这难道不是助长不正之风？可事实上，科场舞弊之事在当时已是众人皆知的秘密，在狂人杜少卿眼里，科举考试早已是一个笑话。因此他只是帮朋友解决个麻烦而已。而医者张俊民，通过后文我们知道他就是曾经拿个猪头骗得娄三、娄四公子五百两银子的张铁臂，被蘧公孙撞破假身份后，杜少卿问张俊民道："俊老，你当初曾叫作张铁臂吗？"张铁臂红了脸，含糊其词。杜少卿也不再问了。少卿没有责问，而是选择放过，哪怕是对一个骗子，也给人留存为人的体面。

你曾有艺名叫张铁臂吗？

144

当你真正读懂杜少卿，你会发现他的珍贵：真正实现了灵魂自由。现代人注重实现财务自由，而真正难得的是实现灵魂自由。所谓灵魂自由，首先是不被金钱的强大力量捆绑，富也不喜，贫也不悲，无人能摧毁他自得其乐的人生境界，杜少卿做到了。

可很多人不懂他，翰林高老先生在群贤聚会上大骂杜少卿是"杜家第一个败类"，说他"和尚、道士、工匠、花子，都拉着相与，却不肯相与一个正经人"。意思是尽结交一些没用的人，那什么是有用的人呢？自然是官员名士，能给自己带来名利的人，殊不知这正是杜少卿的可爱之处。

土豪汪盐商举办酒宴款待王知县，因王知县最仰慕杜少卿的大才，于是汪盐商便请杜少卿作陪。好友臧蓼斋来当说客，在他看来这可是结交权贵的好机会，而杜少卿傲然拒绝，表示："先君在时，这样知县不知见过多少！他果然仰慕我，他为什么不先来拜我，倒叫我拜他？"并吐槽："这知县也并不是什么尊贤爱才，不过想人拜门生，受些礼物。况我家今日请客，煨的有七斤重的老鸭，寻出来的有九年半的陈酒。汪家没有这样好东西吃。不许多话！"

杜少卿一语道出真相：官场里没有所谓尊贤爱才，不过是名利的交换。去肮脏的名利场吃酒，当然没有吃自家的老鸭陈酒香。后来王知县被摘印革职查办时，人走茶凉，连住的房子也没有。这时杜少卿竟主动邀请王知县住到他家来。众人不解，杜少卿坦然答道："我前日若去拜他，便是奉承本县知县；而今他官坏了，又没有房子住，我就该照应他。"一个"该"字，展现了古之君子该有的担当。他更愿意与人相交，用真心换真心，而不是掺杂名利。掺杂名利，情便假了；情假就如同寡淡的酒一样，不如没有。当然这在旁人看来又是一则笑话。

李巡抚举荐他做官，他直言"麋鹿之性，草野惯了，近又多病"。李巡抚肯定不信啊，又吩咐县里邓老爷来请，这时最佳男演员杜少卿上线，"叫两个小厮搀扶着，做个十分有病的模样，路也走不全，出来拜谢"，说自己"不幸大病，生死难保，这事断不能了"。

邓老爷一看这就要不行了啊，只好写了文书回复李巡抚，恰好李巡抚调任到福建，这事便罢了。人人上赶着要官做，为何杜少卿如避瘟神？他娘子问他缘由，他说："你好呆！放着南京这样好玩的所在，留着我在家，春天秋天，同你出去看花吃酒，好不快活。为什么要送我到京里去？假使连你也带往京里，京里又冷，你身子又弱，一阵风吹得冻死了，也不好。还是不去妥当。"他回避了很多人生大道理的阐述，而是开了一个饱含深情的玩笑，将与妻子共进退的誓言说得平平常常，但这只是他辞官的原因之一。

知心好友主绍光曾对他说："你此番征辟了去，替朝廷做些正经事。"可杜少卿道："这征辟的事，小弟已是辞了。正为走出去做不出什么事业。"众人印象里的杜少卿一直豪爽，最落魄之时也未见他哀叹，仿佛一直是那个拿着金杯看花喝酒的雅士。可独独这一句"走出去做不出什么事业"，人们读到了他的不甘和痛苦。他并非仅是贪恋与老婆一起看花喝酒的逍遥之人，他只是清醒地知道即使做官，也改变不了这个世界的规则。他老爸便是前车之鉴：担任赣州太守时，坚持自我，从不溜须拍马；一心为民，谨遵"敦孝弟，劝农桑"的原则，促进农业生产，引导百姓向善向美，是百姓口中的好官，结果呢？"惹得上司不喜欢，把个官弄掉了。"于是他干脆选择拒绝，从今往后"乡试也不应，科、岁也不考，逍遥自在，做些自己的事吧"！

不图名,不图利,无所求

　　他不图名，不图利，无所求。无所求便没有束缚与羁绊，可却显得太过另类。而这种另类直接刺痛了一些人的眼睛，比如前文提到的高翰林。他教育晚辈时，直接让他们在桌上贴个小纸条，写"不可学天长杜仪"，把杜少卿的所作所为当作反面教材极尽嘲讽。但他越是嘲讽，就越是凸显了杜少卿不慕名利的可贵。于这些非议，杜少卿并不在意。他勇敢地探索着自己的路，他仿佛幽咽在乱石间的一泓水，流得很是艰涩，却从未停止。于事业上，他解说《诗经》表达自己的生活信念，敢于打破权威的滤镜，寻找经典的真义。他说"《溱洧》只是夫妇同游，并非淫乱"。他说《女曰鸡鸣》是在宣扬一种独立自主、怡然自乐的生活境界。在实际生活中他也在努力探索自己追求的人生境界。虽然秦淮卖文不得聊以度日，可高贵的灵魂终究是保住了它的纯洁。

爱你孤身走暗巷
爱你不跪的模样

更让人感叹的是他的爱情观和两性观。准备好柠檬，我们来品一品杜少卿的神仙爱情。杜娘子戏份并不多，但每次出场都能让人感慨岁月静好。杜少卿坐船回家路上，穷到连烧饼也吃不起，到家后把这话说与娘子，换作其他人怕少不得一顿责骂，之前豪奢、如今落魄的生活落差就是娘子曰日要面对的柴米油盐。可他的娘子"听了也笑"。后来，杜少卿有了做官的机会，却装病不去，娘子也是笑问："朝廷叫你去做官，你为什么装病不去？"妻子对他装病感到"好笑"，并非责备。这让我们感受到两人默契十足、相知至深的爱情。

杜少卿与娘子移居南京后，娘子说要看看南京的景致，少卿便与娘子一同游著名景区清凉山。

一日"春光融融，和气习习，凭在栏杆上，留连痛饮"。少卿大醉，竟携着娘子的手，一手拿着个金杯，大笑着，在清凉山冈子上走了一里多路，背后三四个妇女嘻嘻笑笑跟着，两边看的人目眩神摇，不敢仰视。这一浪漫的牵手举动马上就登二了南京热搜榜：杜少卿携妻子同游清凉山——伤风败俗第一人！现在看来，牵个手何至于此？况且还是合法夫妻。要知道在礼教森严的当时，马二先生是连眼前的女人都不敢瞧一眼的啊。

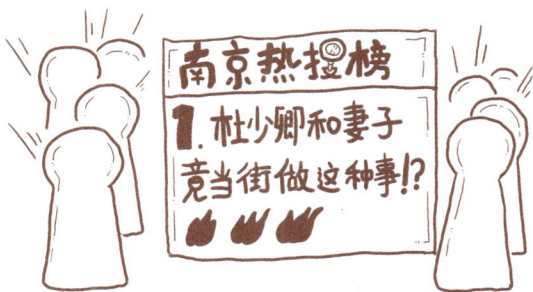

一日，风流名士季苇萧就此讥笑杜少卿说"镇日同一个三十多岁的老嫂子看花饮酒"扫兴，劝杜少卿娶一个标致的佳人。杜少卿一口回绝："今虽老而丑，我固及见其姣且好也。"这最朴实无华的表白更衬出一帮人的虚伪与无情。匡超人、牛浦郎停妻再娶，最恨女人的杜慎卿也急于娶妾延绵子嗣，季苇萧更是到一地娶一个，还振振有词"才子佳人信有之"。

我想吃碗面

你心里面

什么面？

南京热搜榜

1. 沈琼枝当街卖散人

2. ......

3. ......

他对妻子的尊重也延伸到对其他女性的尊重。沈琼枝不愿做盐商宋为富的妾室，逃婚至南京，当街卖起诗文和刺绣。

这一下子就占据了南京热搜榜榜首："奇女子当街卖诗文，是道德的沦丧，还是人性的扭曲？"嗯，确定答案，是人性的扭曲，不过展现的是当时看客们人性的扭曲——纷纷把追求独立自主的女性先锋看作倚门为娼的街头流莺。沈琼枝虽智勇双全，问心无愧，但面对调戏她的市井无赖和作威作福的公差，她还是处于天然的弱势。唯独杜少卿称赞道："盐商富贵奢华，多少士大夫见了就销魂夺魄；你一个弱女子，视如土芥，这就可敬极了！"从杜少卿的言辞中我们感受到久违的人性的温暖。

可敬可敬

　　全书中杜少卿的戏份差不多结束了。大慈善家、贵公子杜少卿，靠代人作些挣钱的诗文聊以糊口。最凄切的是，当他与虞博士洒泪而别，倾诉"小侄从此无所依归"的悲情，他已失去了走完自己道路的信心。虽然他的出现就如一盏明灯温暖了别人的人生，可他到底是孤独落寞的。此时，他感受到一种"彻骨的寒冷"，这种"彻骨的寒冷"来源于思想领先者处在漆黑一团的名利世界中的孤独，是先知者为麻木和蒙昧所包裹的孤独，是没有可依托的精神桥梁时不能不体味到的孤独。这时就连他曾经的豪放也仿佛拖着灰色的忧郁长影。终于，这个世界容不下一个"无所求"的杜少卿。

　　从前我并未真正理解杜少卿的高妙之处，直至今日，换位思考，假如我是杜少卿，我会怎么活，我想我依然不会按社会既定轨道走下去，至少会活得比现在有趣些。杜少卿的伟大在于社会轨道的磁力那么强，而他始终保持清醒，保持独立思考的能力，走着自己认为对的路。就算孤独，却真实地在体验着自己的人生。而大多数人走着走着，在眼花缭乱的世界里把自己弄丢了。

王冕这个名字，我们并不陌生，因为从小就听过"放牛娃王冕勤奋学习""王冕画荷"这样的励志故事。在吴敬梓先生的笔下，王冕存在的意义可不是励志，他好比一面照妖镜。在各路人物进场前，就在门口立了一面照妖镜，而后出场的各色人物，照一照，便知是妖，是魔，是仙。当然作为照妖镜本身，王冕出场时必须是顶配，这顶配不是指家境，而是品格。

你为啥不吃呀？

我带回去给母亲吃！

秦老伯

元朝末年，王冕出生在浙江诸暨一个乡村，七岁时死了父亲，母亲做针线活供他读书。到他十岁这一年，母亲唤他到跟前："不是我有心耽误你，只是年岁不好，柴米又贵，只靠我替别人家做些针线活寻来的钱，如何供得你读书？如今没奈何，把你雇在间壁人家放牛，每月可以得几钱银子。"王冕答道："我在学堂里坐着，心里也闷；不如往他家放牛，倒快活些。假如我要读书，依旧可以带几本书去读。"竟然说放牛比读书快活？瞎说什么大实话？莫不是"学渣"代言人？后文我们得知，他每日得了点心钱，攒够一两个月就去学堂买几本旧书来读，根本就是一个勤奋低调的"学霸"。这话不过是为了减轻他母亲的负罪感，开解妈妈而说的。十岁的小孩，懂事得让人心疼。辍学的他便到隔壁秦老伯家放牛，赚点心钱。有时秦老伯家煮了腌鱼、腊肉给他吃，他不吃，而是用荷叶包了带回家给母亲吃。

生活很苦，对吗？外人看来确实如此，可对于实际生活着的人来说，生活细节里的甜会暂时掩盖整体的苦。把这一点点甜分享给自己想心疼爱护的人，这便是爱。有爱做支撑，苦也变成了甜。

或许你会想一个十岁的放牛娃，自由虽美好，可也美好不过两天，毕竟他又没有手机可刷。此后便是日日蹉跎，脑子锈掉吧。推演下去，不过就是一个平庸得面目都可憎的中年大叔罢了。可王冕不仅没有废掉，还成为国画大师，为何？他的爱好不是放牛时放空自己，而是读书。每月的点心钱，攒了买书读，读了三四年，书便读明白了。可知人最怕的不是贫穷，而是在贫穷里消磨所有志气和思想。而王冕的厉害在于他有着看似低级的职业，却拥有最珍贵的自由及最高级的快乐来源——书。天文、地理、经史的书都读遍了，从书中获得的快乐越来越有限，他又找到了另一种更高级的快乐——创造。

　　一日他放牛倦了，在草地上坐着。随后吴敬梓先生少有地用优美的笔触描写了雨后荷塘之景："一阵大雨过了。那黑云边上镶着白云，渐渐散去，透出一派日光来，照耀得满湖通红。湖边上山，青一块，紫一块，绿一块。树枝上都像水洗过一番的，尤其绿得可爱。湖里有十来枝荷花，苞子上清水滴滴，荷叶上水珠滚来滚去。"

　　王冕身在画中，便想把眼前之景记录下来，可惜自己不是画工，转念一想"天下哪有个学不会的事"，于是此后点心钱不买书了，买些胭脂铅粉学画荷，画了三个月，琢磨了三个月，荷花画得就像是湖里长的，仿佛闻得到香气、触得到水汽一般。

这爱好不仅让他快乐，更让他赚起钱来。国画大师的名声很快传遍整个县，大家争着买画。到了十七八岁，他不用放牛了，靠着一支画笔便能养活自己和母亲。年纪轻轻就实现了经济自由，这自由并非说躺平不工作便有收入，而是他可以不依托任何人、不借助任何势力，便可自力更生。这自由很重要，实力成为他生命的底气。

　　放牛娃逆袭成国画大师，靠的是勤，勤学苦练终成大器。可我认为更重要的是他人生的格局。就如上文推演的一样，他不会沉溺于眼前的苟且，而是跳脱出现实，坚定地追寻自己的热爱。爱读书，没有条件，创造条件也要读。攒几个月的钱买几本旧书，说来简单，可漫长的等待不可谓不心酸，可正是这等待也让得到后的甜蜜更甜。爱画画，无老师，便自己钻研，自成一派。他没有在现实的泥沼里憋气痛苦，而是找到了更高级的快乐。这高级的快乐便是磨砺自己的脑子，让脑子里的沟壑越来越深。就像一个磨刀的过程，不说最后有多锋利，单是那磨砺的过程就已经让人觉得这是一种无法超越的快乐。除了这份热爱和勤奋，当然不可忽视的便是他的聪明，他的聪明不仅反映在学习上，更反映在他通达的见识上。

　　走红以后，王冕依然很低调，不求官爵，不交朋友，终日闭门读书。无欲无求，便能独善其身。成为不了别人的朋友，也就避免成为别人手中的刀子或梯子，乐得清静。平时的乐趣便是cosplay（角色扮演），看见《楚辞图》上的屈原衣冠，自己便学着做了一顶极高极高的帽子、一件极阔的衣服。花明柳媚之时，用牛车载了母亲出去赏春光。

戴着高帽，穿着阔衣，执着鞭子，哼着歌曲，乡下小孩见了笑话他，他也不在意。是他走红后变狂了吗？如此标新立异？哈哈，我觉得不是。所谓"标新立异"是有意在表演"新"、表演"异"给别人看。而王冕并非在表演，他在玩一种很新的潮流，玩一种自由随心的感觉，很有点魏晋名士的风姿，追求的是一种个性解放。或者说他在用一种特别的方式致敬自己的偶像屈原，"举世皆浊我独清，众人皆醉我独醒"，是一种孤独者间的惺惺相惜。

人红是非多，他的画转眼就成为权贵间的送礼佳品。一日，县里的翟买办前来拜访。翟买办是县衙里负责采购的高级官差，他还是秦老伯儿子秦大汉的干爹，所以秦老伯马上整治鸡鸭接待。而翟买办可不是来吃鸡的，他见到王冕，指令很清晰："前日本县老爷吩咐，要画二十四幅花卉册页送上司。今日有缘，遇着王相公，是必费心大笔画一画。在下半个月后，下乡来取。老爷少不得还有几两润笔的银子，一并送来。"一上来就直接给王冕布置作业，听着客气，实则居高临下、不容推脱。

王冕虽不情愿，但看在秦老伯面子上只得应允。交作业后，时知县果真送了二十四两银子作为润笔费，被精明能干的翟买办克扣了十二两后交给王冕，此事暂且告一段落。

时知县并非爱画的风雅之人，而是送给危素老先生的。危素又是谁？他是时知县科考时的主考官，仕途正顺。前文已经由一个胖子、一个瘦子、一个胡子科普过危素的威名。胖子说："危老先生回来了。新买了住宅，比京里钟伯楼街的房子还大些，值得二千两银子。"这危素不仅有钱，还有势。搬家这日，知府、知县亲自上门来贺。胖子说起这些来非常自得，因为如果扯起关系来，胖子与危素也有点亲戚关系，他的亲家是危素先生的门生，你董这关系是多么的——八竿子打不着吧。

我八婆的儿子的媳妇的表姐
的二姑的女儿的丈夫是危先生
的门生！

胖子

　　胖子却因此打起了他的如意算盘："我打算去拜会老先生，如果他肯回拜，乡下人再不敢放了驴和猪在你我田里吃粮食。"瞧瞧，乡下人对权力的认识多么实际！胡子也不甘落后，分享起危素离京的新闻："前日出京时，皇上亲自送出城外，携着手走了十几步。看这光景，莫不是就要做官？"他们满心想的、满嘴说的都是别人的名和利，以此自抬身价，却也见得这危素确是乡下人所知的最有权有势的大人物了。

好画！好画！

时知县

危素

　　时知县为讨老师欢心，送上王冕的画册，危素看了又看，很是喜欢，不忍释手。你以为危素应该是一个爱画的风雅之人了吧？可他竟分不出是古人还是现代人的作品。只能说有风雅，但不多。

　　他对时知县感慨道："此兄不但才高，胸中见识，大是不同，将来名位不在你我之下。"

　　此话一出，一点风雅也没有了。他关心的不是画作，而是这人的功名前途。他预感到这王冕此后将大有作为，于是便提出要与王冕相见。

　　时知县知道这次押对宝了，喜出望外，马上安排翟买办去请。结果王冕果断拒绝。

　　翟买办当场翻脸："这事原是我照顾你的，难道老爷叫不动一个百姓吗？"意思是你的画能得到赏识，这都得感谢我，不要不识抬举。翟买办用官威压人，盛气凌人。

　　可王冕更强硬："如果我犯事了，拿票子传我，我怎敢不去？如今是拿帖子请我，原是不逼迫我的意思；我不愿去，老爷也可以相谅。"

时知县爱才惜才，屈尊就拜无名氏

时知县

地方志

　　说得虽有理有据，但翟买办简直不能理解，这是多少人求都求不来的攀附权贵的好机会啊。最后秦老伯给找了台阶下，让翟买办回复说王冕抱病在家，不能马上去，病好了再去赴约。运用拖延大法，这样两人都能无事。

　　时知县听闻王冕抱病直接不信，在他的认知里，没有一个平民会受得住权力的诱惑、拒绝高官的礼请。因此他断定是翟买办狐假虎威，吓倒了王冕。他可不想让危老师失望，于是决定自己亲自下乡去拜。可堂堂一个地方长官，竟然要屈尊去拜见一个平民？他心里那个纠结啊，先是觉得丢人极了，而后又想，这人可是老师敬重的，老师敬重他一分，我就要敬重他十分。当然他并非实际尊敬王冕的才名，只是敬畏老师的权势，想要借老师的高枝再上一层楼罢了。他转念又想：我这一番下乡，那百姓不得称赞一声"屈尊敬贤"？地方志上当然少不了记一笔"时知县爱才惜才，屈尊就拜无名氏"，那可就万古千年不朽了。

一分钟的盘算，算明了眼下好处，算清了万古千年留名，唯独没有算到的是一个平民的倔强和坚持。当他克服了诸多心理不适下乡来到王冕家门前，却被告知王冕不在家。翟买办马上安抚时知县，让他到附近公馆休息，自己去找。

路上，翟买办偶遇秦小二倒骑着水牛，便很有礼貌地问："你看见你隔壁的王老大牵了牛在哪里饮水哩？"结果秦小二答道："这牛就是王大叔的，要我替他赶回家的，他到二十里外吃酒去了。"这还不够明显吗？王冕听闻知县来拜，故意逃走啦。

时知县听了翟买办的汇报后十分恼怒，可又担心老师说他暴躁，只是在心底默默地记了一笔，想着何时找机会治一治这人的狂傲，要不官威何在？

时知县愤愤地走了，王冕马上回家来。其实王冕并没有走远，不过让秦小二撒了一个谎自己好脱身罢了。王冕为何如此？虽说王冕很牛，可是否也太过于恃才傲物了？秦老伯跟我们一样不理解，于是替读者发问。王冕解释道："时知县太坏了，他倚着危素的势力，酷虐小民，无所不为，这样的人我为什么要相与？"可见王冕清醒得很，也并非与世隔绝的清高，只是鄙视这类媚上欺下的官员。同时他也预知到时知县未来可能的报复，于是狠狠心拜别母亲与秦老伯，逃到山东济南避难，每日问卜卖画为生。

保重

秦老伯

一晃半年过去了，黄河决堤，黄河一带的田地房屋尽被冲毁，济南街头随处可见四处流亡的百姓，官府又无所作为。王冕感慨："天下自此将大乱了，我还在这里做什么！"回乡孝顺老母是最要紧的事，又打听得危素还朝、时知县升迁，应该不会再记得自己那点小恩怨了，这才放心回家。或许你会感慨王冕生存能力强大，可我们更应看到一个孤傲的才子在权力的威势下一路逃亡，这就是一介小民的卑微，也是一介小民的坚持。

　　后来王冕母亲生病卧床不起，眼见不行了，临终时叮嘱他："我儿可听我的遗言，将来娶妻生子，守着我的坟墓，不要出去做官。"大多数人都望子成龙，而王冕母亲却反叫他不要做官，为何？只因母亲了解儿子的清高心性，更知道做官没有什么好下场，与其风光一时，不如周全一世，这是母亲智慧的选择，王冕流泪应允母亲。

　　一年后，天下大乱，各路英雄起兵造反。吴王朱元璋占领浙江，专程拜访大师王冕，向他请教如何能让浙江人服其心，王冕答道："以仁义服人，何人不服？岂但浙江？"

　　朱元璋真心叹服王冕的见识，两人促膝长谈，直到日暮。肚子饿了，王冕烙了一斤饼，炒了一盘韭菜，款待未来的君主、此时的吴王。

仁义服人

先生说得极是！

朱元璋

数年间，吴王果然英勇无比，平定天下，定都南京，建国号大明。一日秦老伯进城，给王冕拿来一本邸报。邸报是官方新闻报，发布朝廷新政和官员任免新闻。王冕才知：曾经的大佬危素归降后倚老卖老，在朱元璋面前妄自尊大，自称"老臣"。老朱一听，在新朝称老臣，这还是不服啊。我老朱专治各种不服，于是危素被罚去守墓，守谁的墓？元朝老臣余阙。余阙可是为元朝甘愿战死的忠臣；你再看看你自己，归降了新朝，算哪门子的忠臣？学习一下余阙吧。

不得不说，朱元璋这招伤害性不大，侮辱性极强。大明皇帝朱元璋虽不是为王冕，王冕却因此了结了这旧时恩怨。你或许会想，王冕该出山了吧？如果此时出山做官那可就是爽剧套路了，复仇—飞黄腾达—观众解气，可这毕竟不是爽剧。

邸报上还有一则新报道引起了王冕的注意。新朝建立，科举取士之法也要有点新意，邸报上写明定的是八股取士之法，三年一考，用四书五经作为命题依据。王冕跟秦老伯正酒后吐槽："这个法却定得不好！将来读书人既有此一条荣身之路，把那文行出处都看得轻了。"须臾，东方月上，照耀得如同万顷玻璃一样。王冕会看天象，指着天上星座异象，分析道："贯索犯文昌，一代文人有厄。"话犹未了，一阵怪风刮得树木疯摇，鸟雀惊飞。少顷风定，只见天上百十颗小星，纷纷坠向东南角去了。

王冕又预言："天可怜见，降下这一颗星君去维持文运了。"记住王冕此时的预言，后文要考。

后来的后来，江湖上经常有传说称要征聘王冕出来做官，吓得王冕连夜逃到会稽山中，连秦老伯都没有知会。等到朝廷果真来请他做官时，他早已经不知去向了。最终，他没有娶妻生子，老死山中，好心的山邻埋葬了他。

其实王冕并非吴敬梓虚构的人物，历史上确有其人。王冕原工画梅，而吴敬梓却安排他画荷，让王冕多了几分乡土气息，更让人物拥有了"出淤泥而不染"的高洁品格。

明朝于谦也写过《王冕传》，只是细节大有不同。《王冕传》里的他应过科举，屡试不中，干脆弃考。后有人推举他做官，王冕竟嘲笑他说："公诚愚人哉！不满十年，此中狐兔游矣，何以禄仕为？"直白点说就是："你难道傻吗！信我，不过十年，这里便是狐狸和兔子的荒园了，还做官干吗？"不得不说，这个王冕更加狂傲，这份狂傲里包含了他对政治的远见和对世俗的鄙夷。而吴敬梓笔下的王冕确是一个年仅二十岁就无所不知的睿智青年，但他与秦老伯的忘年交、致敬屈原、带腌鱼腊肉赠给母亲等诸多细节，就显得更加平易近人、通情达理。吴敬梓为何着意刻画一个完美却不那么孤傲的人物？只因为王冕代表的是平民的梦想。世人皆追名逐利，唯独他视名利如瘟神。

作者让我们看到一个普通人在一个浊世中该如何保有自我，虽然很难，但他做到了，这就是英雄。因此他成为全书人物的照妖镜。

还记得他预言"一代文人有厄"时的那阵妖风吗？它就是一个时代的隐喻，告诉我们，风要刮起来了，世道要乱起来了，世人的心也将要浊起来了。是妖？是魔？是仙？来来来，照一照王冕这无瑕的照妖镜吧，那些假名士的空虚无聊、假儒生的卑鄙不堪都无处遁形。

但观照现实，你会发现王冕只能是活在小说里的理想人物罢了，因为他为了保有自我弃绝了所有，无妻无子，无牵无挂，活得像一座孤岛。但我们大多数的平凡人，在日常的庸碌中不忘保有一丝的自我，留一点空隙给灵魂呼吸，那样的人生就已很难得了。

稻梁谋

理想人物

认识了名贤楷模王冕，终于要到儒林F4登场了。群贤聚集，还得靠杜少卿串联相继登场，我们看他如何解锁一个又一个高人。

泰伯祠F4

来到南京的杜少卿，认识了表侄卢华士的先生迟衡山，两人相见恨晚。一日，两人又开始吐槽模式，迟衡山说："如今啊，读书的朋友，只不过讲个举业；若会做两句诗赋，就算雅极；放着经史上礼、乐、兵、农的事，全然不问！"这一番话刚好照应了王冕的预言：在当时的取士制度下，读书人只会写个应试作文，却没有一点实际的学问，更是全然没有道德和礼制上的讲究，催生出一群满肚子功名利禄的坏书呆子。于是他拿出一个手卷，向杜少卿科普他的改革方案——盖一座泰伯祠。

主要发起人

泰伯祠祭典

第十二讲

——泰伯祠F4

杜少卿、迟衡山、虞博士、庄绍光

功名利禄

高人生理念
高道德标准

诚信忠义

文昌殿

泰伯祠

庙节孝

　　泰伯是谁？西周太王长子，按照嫡长子继承制，他理所当然是王位继承人。当他窥见太王更中意三弟季历之子姬昌时，他主动把王位让给了兄弟季历，自己归隐。这行为在古代也极为罕见，因此泰伯以贤闻名天下。建一座泰伯祠有何作用？迟衡山起劲地介绍："每逢春秋二月、八月，便用古礼古乐祭祀，让大家学些礼乐，助一助政教。"简单来说就是建一处城市文化地标，供奉本地贤人，用古乐古礼引领社会舆论，感化这被名利气熏坏了的世人。

　　礼乐的外化，看起来是烦琐的秩序规范，作者花了整整一个章节细致地描绘这套礼仪规范。这部分同学们常常跳过不读，泰伯祠祭典那些仪式、服饰、器物，都让人昏昏欲睡。但我们需要明白迟衡山的改革用心。"礼"先是外在的表现，动作、语言、仪容的规范，然后才能内化于心。内化于心的礼有一个我们熟悉的名字——"仁"。没有"仁"，"礼"就失去价值目标。

稻粱谋

仁

动作
语言
仪容规范

礼

虽然在我们看来，建一处文化地标并不能真正改变社会风气不好和人的堕落现状，当时的社会精英迟衡山眼界也难免受时代局限。但迟衡山仍然让人感动，他希望通过仪式唤醒世人心中沉睡的"德"和"善"，如可长久坚持，这将是一个美好的人间，这就是迟衡山的梦想。这便是"穷也兼济天下"，他有着不受环境影响的眼光和理念，着眼于社会现实，用自己的力量改变现实，哪怕头破血流，依然梳理自己凌乱的发型再次前行，这便是迟衡山的伟大之处。

听完这方案的杜少卿大喜。理想很美好，但落到实处，盖一座泰伯祠需要的是银子，还得要上千两！杜少卿当即表示自己可以出三百两。此时我们知道杜少卿已不再是田产无数的富豪，初到南京时全部存款不过千两银子，但他没有犹豫，身体仿佛充满了力量。终于有一番大事业要振作起来了，似乎世界也有变好的可能。于是两人兴冲冲地去组局众筹，预备共商大计。

穷也兼济天下

你但放心，我就回来！

妻子

漫话《儒林外史》

第一个拜访的便是庄绍光，读书世家出身，十一二岁就会做七千字的赋，神童名满天下。将近四十岁，名满一时，却闭门读书，不肯妄交一人。是否很熟悉？这不是又一个王冕嘛！对，这也是一个才华横溢却极其低调的人。迟杜二人前来拜访，说起修建泰伯祠一事，他欣然应允。可事不凑巧，他刚收到朝廷诏令，礼部徐侍郎听闻他的才名举荐他做官，天子亲自接见，庄绍光要去京里复命。

杜少卿是秀才，庄绍光无功名，但都有被朝廷征辟的经历，可见当时的朝廷为招揽天下有才之士也是颇下功夫。可前文杜少卿直接装病拒绝了，莫非是杜少卿太过傲慢、消极？于是吴敬梓老先生就为我们浓墨重彩地描绘了朝廷的征辟大典，为我们解惑。

在这之前，还有一个又一个精彩的小插曲。庄绍光启程从南京到北京，古代交通不便，这可不是一件容易的事。于是娘子问他："你往常不肯出去，今日怎的闻命就行？"庄绍光答道："我们与山林隐逸不同，君臣之礼是傲不得的。你但放心，我就回来。"可见，庄绍光非常清楚自己的位置，身处尘世这点规矩还是要守的，处理不好脑袋会搬家。这是他与王冕的不同，王冕直接躲山里去了，庄绍光明显更务实，但他也明确表示"我就回来"，坚定不做官的想法。

启程时，南京官员都做好了护送准备，庄绍光自己悄悄叫了小轿子，带了一个小厮，一个脚夫挑行李，从后门静悄悄地走了。为什么他要偷偷溜走？这又不是见不得光的事，论起来这可是光宗耀祖的事。可在庄绍光看来，光宗耀祖这个词根本不在他的词典里，走官路可就领略不到明朝最真实的风土人情了，这可是难得的私人旅游时间，当然自在最重要。

他们来到山东地界，在辛家驿停歇了喝喝茶，本想再往前赶几十里地，店家却十分诚恳地劝诚说："近来咱们地方上强盗很多，过往的客人都要迟行早往。您虽然不是有钱的客商，但也要小心些。"庄绍光一听马上改变主意，在店内住宿一晚。这时外面来了一伙人马，骡子驮着装饷银的木头（银鞘），叮当作响，还有百十个牲口，声势浩大，这不就是强盗的目标人群吗！

再一看，护送饷银的一个是孙守备，另一位是萧昊轩。这萧昊轩气宇轩昂，不同流俗。虽六十多岁，花白胡须，却全无周进的文弱老态，而是一身箭衣，腰插弹弓，英气逼人。两人在店内与庄绍光相遇，一听都是进京之人，很快熟络亲近起来。

三人的话题自然围绕店家特别提醒的"强盗"展开。庄绍光说道："国家承平了久，地方官办事，件件都是虚应故事，像这盗贼横行，全不肯讲究一个弭盗安民的良法。"萧昊轩一听，没有理解到庄绍光对地方政事的担忧，反而豪爽地笑道："小弟有一绝技，百步之内，用弹子击物，百发百中。强盗来时，人人送命，一个不留。"一句话顺利地从正剧切换到武侠片，随后他表演了弹弓绝技：弹弓举起，向开阔处打一丸弹子，又将一丸弹子打去。两丸弹子在半空相遇，打得粉碎。庄绍光大为震惊，这趟旅行着实精彩。

第二天清早，萧昊轩与庄绍光一同赶路，天色未明，晓星还在。却见林子里黑影闪动。"前面有贼！"骡夫们见势都把骡子赶下坡去。只听一支响箭，无数骑马的强盗从林子里奔出来，目标很明确：饷银。该萧昊轩上场秀绝技啦！

结果扯满弹弓，一弹子打去，弦崩为两段，根本无力。眼睁睁看强盗赶着牲口，驮着饷银走了。

萧昊轩马上找外援，跑到一家小店，一问才知昨晚住的就是个黑店，店家是强盗的团伙。因见萧昊轩有弹弓绝技，故意弄坏了弓弦，再回想店家提醒庄绍光提防强盗的好心，原来是贼喊捉贼，可恶。这时萧昊轩急中生智，拔下一绺头发，把弦续好飞马回来，加鞭赶上强盗，手执弹弓，如暴雨打荷叶一般，打得强盗落花流水，拿回了饷银和牲口。

后来庄绍光因行李轻便，辞别了二位武侠片大侠，独自先走。将到卢沟桥，又遇见一位奇人——卢信侯。他是一位收藏名家文集的文学中年。他已经集齐了各路文学大家的文集，但怎么少得了当朝大佬庄绍光的文章呢？于是他算准了时日偶遇，有如粉丝接机，满满的诚意。

卢信侯无一点戒备心，见到庄绍光便直言相告："国初四大家的诗文，小弟都收集得差不多了，只有高青邱是被朝廷杀了，诗文从此也成了禁书。最近听到京师有一户人家收藏，我出高价买到了手，正要回家去。又听得您来京，于是便在此等候。"

庄绍光与卢信侯相见恨晚，两人促膝长谈，引为知己。谈到收藏文集，庄绍光劝道："国家禁令所在，您也要学会保护自己啊。高青邱的文字，虽其中并无毁谤朝廷的言语，既然太祖恶其为人，现在又是禁书，先生就不看他的著作也罢。"

他们口中提到的高青邱，即是明初四大家之一高启，因诗文中一句"龙蟠虎踞"触怒龙颜。朱元璋认为高启在赞美自己曾经的敌人张士诚，高启因此被处以腰斩。

特赐禁中乘马

此时庄绍光深知世道险恶，提醒单纯痴迷文字的卢信侯。卢信侯会舍弃苦心求采的文集吗？读了下文便知。两人分别在即，庄绍光邀请卢信侯下次到南京来玩："我有些拙著向您请教。"分别后，卢信侯真到南京等候，可见真是一个痴人。

庄绍光终于到了北京，参加了仪式感满满的朝廷大典。又等了三天，终于到他觐见天子。皇帝特赐禁中乘马，以示尊敬。

庄绍光屏息进得大殿，上前朝拜天子。天子穿着便服坐在宝座上，对庄绍光说道："朕在位三十五年，海宇升平，边疆无事。只是百姓未尽温饱，士大夫亦未见能行礼乐。这教养之事，如何为先？"你看皇帝很清醒，也很谦虚。这时诡异的事情发生了，庄绍光正要奏对，忽然头顶心疼痛起来，实在难忍，只得回复"容臣细思"。匆忙结束会面，庄绍光忍痛回到住处，摘下头巾，里面竟是一只蝎子，他哈哈笑道："看来我道不行了。"

铺垫了这么久的征辟大典，如此严肃的场合，竟因一只蝎子坏了气氛，草草收尾。当然我们知道吴敬梓惯会弄玄虚，继续看故事。庄绍光次日又卜了一卦，卜得退避之卦，于是更加坚定不做官的想法，把教养之事做了十策，写了详细的建议送给皇帝。

人红是非多，更何况是皇帝眼中的红人！各部官员都来拜见庄绍光，你不仅要接受这种巨无聊的尬聊，还要回拜。其中太保公结党营私的意图表达得非常直接，托徐侍郎带话给庄绍光："南京来的庄年兄，皇上颇有大用之意，老先生何不邀他来学生这里走走？我欲收之门墙，以为桃李。"简单来说，你加入我的阵营吧。庄绍光可不想卷进这纷乱官场里去："太保公的门生不知多少，差不了我这一个山野之人。"很直接地拒绝了。

跟我混吧！

大人的好意，我心领了。

174

又过了几天，天子看了庄绍光的建议，认为"学问渊深"，正要决定给庄绍光什么职位时，请教太保公。太保公对之前被拒绝的事耿耿于怀，便说："这人确实有才，唉，可惜不是进士出身，祖先

虽学问颇深
但却不正规
送他一庄园完事

皇上

岛主

谢皇上

没有这个法度在先，就怕天下人就此不好好读书，存着侥幸心理走捷径啊。您说呢？"天子又息了一回，便决定赐银五百两，再将南京元武湖赐予他著书立说。庄绍光于是谢恩，仍旧包了一个车，高高兴兴地回家去。

正是冬季，天气极其寒冷，庄绍光找不到客店休息，只好走小路找村里人家借宿。一间草房里点着一盏灯，一位六七十岁的老人家直言："行路的人，谁会顶个房子走，借住不妨。"一句话让寒冷的夜都温暖起来。"但只有一间屋，不幸今早老妻死了，没钱买棺材，还停在屋里。客官在哪里住？"一句话又让人回到寒冬，穷人的生活多么不易，连死亡都不易。但天气太冷了，庄绍光顾不得害怕，决定与老人挤一个土炕凑合一晚。走进屋里，老妇的尸体直僵僵地停在旁边。夜里庄绍光翻来覆去睡不着，突然见老妇动起来，手也动起来，仿佛要立起来。庄绍光以为是假死，还有救，急忙去喊老人，喊也喊不应，推也推不醒。凑近一试发现老人已断气，死了。回头再看那老妇，已站起来，直着腿，瞪着眼，仿佛要走出去。庄绍光才意识到不是活了，而是"走尸"。

庄绍光急忙跑出去叫醒车夫，用车拦了草房的门，不放尸体走出去。他惊魂未定，在马车里待了一夜。第二天天色大亮，打开门一看，一间屋横着两个尸首。庄绍光感伤"老人家穷苦到这个地步"，于是买棺材买地，掩埋了两个老人家，又做了一篇文章，洒泪祭奠。

几经周折，终于回到南京。可一日也不得消停，各路人马递帖来拜。庄绍光见客要穿靴，刚换上舒适便鞋，又有客来拜，一天下来，穿了又脱，脱了又穿。好脾气的庄绍光终于忍不住恼了，与娘子连夜搬到元武湖上去住。元武湖湖光山色，真如仙境，更妙的是要去岛上，只一只船渡河，如果收了这船，飞也飞不过来，再也不用和这些俗人纠缠，浪费生命。

人呢？ 元武湖

你们已经被包围了！！

庄绍光于是每日和娘子凭栏看水，共读杜少卿做的《诗说》，自在快活。

一日，有人在岸上叫船，渡了过来，正是卢信侯。庄绍光当下备酒与之同饮，突然小厮报告："中山王府发了几百兵，拿了七十二只渔船渡过河来，把我们的花园围了。"庄绍光大惊，后来才知是卢信侯私藏禁书，被人告发，所以官府来要人。

看来卢信侯痴心一片，并未听从庄绍光的话舍弃《高青邱文集》。卢信侯听到官兵来抓，道："我是硬汉，我明日自投监去。"卢信侯投监后，庄绍光写了十几封信遍托朝中大佬，很快地，卢信侯就被放出来了，反正把告发的人问了罪。到这里，以庄绍光为主角的故事就结束了。

　　作者的笔法实在很妙，透过杜少卿，我们看到了才子对社会的失望，只求做些自己的事，逍遥地过活。曾经我们以为杜少卿是恃才傲物。透过庄绍光，我们才懂得才子对社会失望的原因。山东道上遇劫匪、京师城门外老人贫病而死无人收殓、卢信侯身陷文字狱纠纷被全城通缉，这一出出明朝社会实录经庄绍光进京这一事带出来，让我们看到更丰富的社会底色：山东道上遇劫匪，有武侠片即视感，精彩刺激，那只是旁观者的侥幸。如若身在其中，你才会明白，武侠片是乱世中人幻想的救赎。无法希求官方拯救民生于水火，只能寄希望于大侠出手相救。萧昊轩便是这样的大侠，但你细究就知不是人人都有幸遇到萧昊轩。在那个恶霸多如牛毛的封建社会，地方官"全不肯讲究一个弭盗安民的办法"，要多少个萧昊轩才能保平安呢？

我不是超人！

萧昊轩

——萧昊轩救我！

萧昊轩救命！

萧昊轩～！

萧昊轩～！

萧昊轩快来！

　　但是有一件事地方官表现了极强的执行力，那便是"卢信侯私藏禁书"案。还记得吗？当时为抓卢信侯，官方出动了几百兵，"借用"了百姓七十二只渔船，渡河抓人。后得了庄绍光"我明日叫他自己投监，走了都在我"的保证后，总兵一声号令，所有官兵一齐渡过河去了。如此强大的执行力，抓不住几个盗贼，我是不信的，除非是地方官根本不想抓。那他们为何对"卢信侯私藏禁书"如此上心？上文庄绍光在提醒卢信侯时，有一句话很有意味。他说："虽其中并无毁谤朝廷的言语，既然太祖恶其为人，现在又是禁书，先生就不看他的著作也罢。"也就是说大家都心知肚明，不是因为高启的书有问题，而是因为"太祖恶其为人"。朱元璋为何厌恶高启？要知道高启与刘基、写过《送东阳马生序》的宋濂并称"明初诗文三大家"，才名甚高。明朝建立后，明太祖朱元璋征召他做官，他拒绝了，而后隐居以教书为业。后来，苏州知府魏观在张士诚的宫殿遗址上重修了府衙，邀请高启做一篇文章。文中有"龙蟠虎踞"四字，朱元璋认为是在歌颂张士诚，忤逆当今朝廷。在魏观以"意图谋反"的罪名被处死后，高启也被腰斩而亡。作者没有直接写明初朱元璋制造的血雨腥风的文字狱，但通过写卢信侯私藏此书，被抓入狱，差点丢掉性命，就足以让读者感受到文字狱的可怕了。作者借此也影射了清朝更为残暴的文字狱。

盗贼横行，官方不作为，百姓的生活能好吗？于是借庄绍光的眼我们看了一出恐怖片——"走尸"。恐怖的背后其实是底层百姓从未被看见的贫苦。老人贫苦到没钱买棺材，孤苦到无人送葬。而这并非只是个例，后文出现的虞博士也曾救起过一个跳水寻死的农民，只因他没钱买棺材下葬父亲，绝望寻死。可见底层百姓生活艰难至极。天子对庄绍光说："只是百姓未尽温饱，士大夫亦未见能行礼乐。"但他并没有机会亲身经历更多具体的细节，"百姓未尽温饱"也只是他意识里的一个抽象概念而已。更可笑的是广招贤士的征辟大典，最后只因太保公的一席话，天子便决定放还归山。所谓征辟便是招揽天下有才之士，不论功名；最后又因庄绍光不是进士，不予官职。说到底，朝廷并非真心想招揽贤士共治天下。皇帝无决断，太保公全是私心，两人合作表演了一场求贤若渴的戏码，演给天下人看罢了。

　　这时你便懂庄绍光头上那只"蝎子"的隐喻了吧，无病的身体，一只蝎子紧咬要害，便相当于毁坏全身。大权在握的太保公也只是蝎子中较大的一只罢了，细读全文，你会发现庄绍光在京时，朝中官员纷纷送钱约饭；回到南京，各路地方官亦是急着结交——这许许多多的"蝎子"正是庄绍光判定"我道不行了"的原因。

穷则独善其身

"穷则独善其身，达则兼济天下"，庄绍光因此选择了"独善其身"作为一种解脱，在元武湖过着桃花源般的生活，看似消极，却也不得不如此。

这时，迟衡山、杜少卿仍在为泰伯祠大典奔走，庄绍光也积极支持，将泰伯祠所行的礼乐商定得端端正正，只等最后的大典。可有个难题："所祭的是个大圣人，须得是个圣贤之徒来主祭。"众人都问："是哪一位？"迟衡山缓缓道来他的名字。一路铺垫，悬念造足，虞育德终于出场。

主祭

简　历
姓名：虞育德
技能：做诗、算命、
看风水、作八股文⋯⋯

　　他的出身被渲染得惊天动地。话说虞育德老爸人到中年，尚无子嗣，于是到文昌帝君面前求子，梦见文昌帝君递了一个纸条"君子以果行育德"给他。不久，夫人就有了孕，生下孩子后就按照文昌帝君的提示，取名为育德。

　　后来的故事平平无奇，虞育德（后被称为虞博士）三岁时母亲去世，十四岁父亲去世，父亲将他托付给祁太公。祁太公见虞博士与众不同，便让自己九岁的儿子拜十四岁的虞博士做老师，从此留在祁府。虞博士在祁太公的引导下开启了学习之路，技多不压身，学作诗，学算命、看风水，学八股文，而后考中秀才，又娶亲。

　　明明是平平无奇的人物设定，既没有杜少卿的风姿，又没有庄绍光的才学，凭什么位列众人之首成为主祭呢？

我们继续读故事。

有一年春日里，虞博士受邀给人家看坟地风水，主人谢了他十二两银子，返回途中，春风和煦，好不快活。却见一人跳河寻死，他忙叫船家救得那人，一问才知是庄农人家，收点稻子，又被田主要去了，父亲病死家中，连棺材钱都没有，没了生的希望，只得寻死。

善良的虞博士听得说："我这里有十二两银子，不能一总给你，我而今送你四两银子，余下的我还要留着做几个月盘缠。"换作是杜少卿定会把银子全部送出去，虞博士做慈善的力度远远不及杜少卿啊。

送你四两，剩下我留作盘缠

年龄太大了，封个国子监博士吧！

谢皇上！

　　后来虞博士考中举人，并无官职，与老乡、时任山东巡抚的康大人甚为相得。正值天子求贤，同事尤资深敬仰虞博士的文章品行，就建议虞博士求康大人推荐，虞博士不愿。尤资深继续说："等他荐了您去，您要是不愿做官，辞了官爵回来，更见得您的高处。"尤资深果然资深，非常懂得立人设的好处。虞博士直言："我又求他荐我，荐我到皇上面前，我又辞了官不做。这便求他荐不是真心，辞官又不是真心，这叫作什么？"说完，哈哈大笑。虞博士没有把"虚伪求名"说出来，但他明确自己不会做这种事，哪怕他知道这只需要好友一句话，便可以改变自己的命运。

　　等到五十岁时，他进京会试中了进士。其实当时五十岁、六十岁的进士大有人在，殿试时都虚报自己的年龄以求更大的官职。唯独虞育德毫不介意地在履历上填报了真实年龄，天子嫌弃他年龄大，于是给了他一个南京国子监博士的闲职。这个他人避之不及的岗位对他来说正合胃口，我实在无法想象淳朴厚道的他进入权力旋涡后违心处事的痛苦与难过。

新春二月，转眼一年过去，去年他亲手栽的一树红梅花，今已开了几枝。于是他请了杜少卿来，一齐赏梅喝酒。这时走进来两位学子——储信、伊昭，这两人可能是见虞博士太过清贫，于是向老师提议应该过个生日收点份子钱过春天。虞博士很奇怪，反问："我是八月生日，怎么能二月过呢？"聪明的学生表示可以二月过完再过八月，被虞育德直言"岂有此理，这就是笑话了！二位且请吃酒"，堵住了两位的话头。

读到这里我们能感到虞博士的可贵之处——存真。在一个处处假意的社会，存真确是一件不容易的事。

正在虞博士同三人喝酒时，虞博士的表侄汤相公来拜。原来他因为缺钱把虞育德托他照看的房子卖了，虞博士非但不生气，还以为汤相公心有愧疚，便宽慰他道："怪不得你。今年没有生意，家里要吃用，没奈何卖了，老远的路来告诉我干啥？"虞博士没想到的是汤相公不是愧疚，是来借钱了。虞博士也不恼，马上拿出三四十两银子，予他租房。汤相公此时不言语了。我猜想他没料想到会如此顺利，内心或许会生出一丝不安来吧。这都因为虞博士有强大的共情能力，总能用善意去化解别人的恶意。

我是冤枉的！

我知道！

过了几日，应天府送来一个监生，犯了赌博的错误，被送给虞育德处置。衙役问道："将他锁在哪里？"虞育德却将监生请进来，听他诉说被冤枉的事，还把他留在书房，与他同吃同住，最后替他辩白了冤枉事。

监生被无罪释放。监生叩谢虞博士说："门生虽粉身碎骨，也难报老师的大恩。"他曾预想过自己的下场，不知会被关押到哪里受罪，不知门斗又会怎样讹钱，但就是未想过竟然未受一点罪，反而享了两日的福。虞育德也并未挂心，只是依旧贴心地告诉他："作速回家看看吧，不必多讲闲话。"

还有一件事备受争议，借由武书讲给杜少卿。朝廷要甄别在监读书的人，简单说来就是学业考试，但不涉及功名，叫"六堂合考"。当时为防止作弊，考生入场检查很严格，但严格归严格，还是有人带小抄进场。更可笑的是这个考生实在是智商不高，中途去厕所，是要将卷子上交的，等到上好厕所回来，再领卷子回去。结果粗心的他把卷子连同小抄一起送上堂去。

WC

当我瞎吗？！

小抄

虞博士发现后，忙把小抄藏在靴筒里，等那人出恭回来，虞博士才悄悄把小抄递给他，并正色道："你拿去写。但是你方才上堂不该夹在卷子里拿上来。"这事就被虞博士遮掩过去。事后那人来谢，虞博士却装作不认识。不论怎样洗白，虞博士包庇考生这罪名却是实打实的。做出这近乎愚善的举动，为何迟衡山、杜少卿将他尊为圣人？

直到读到虞育德那句"读书人全要养其廉耻"，我才懂得他的善恶标准。他认为，读书人最重要的便是廉耻之心，而廉耻之心是要保护的，若是一味作践，读书人便会越来越无耻，所以他宽恕了作弊行为。从考试公平而言，虞博士的做法显然不恰当。但从教育的角度而言，他却是对的。教育便是一朵云推动另一朵云、一个灵魂唤醒另一个灵魂。他用天然的善意唤醒一个个迷失的灵魂，他虽没有什么轰轰烈烈的举动，但却潜移默化地起到英雄人格所不能及的作用，这便是润物细无声。

因为他做的都是一点一滴的小事，所以谈不上伟大。年龄作假、生日作假、假意求荐又辞官以求高名，哪怕他知道这可以马上带来名、带来利，他都拒绝。不刻意追名逐利，他有着不可逾越、不可动摇的道德底线。同时他有着自己稳定的行事原则，他并不会为了做慈善而过分出格，十二两银子里送出四两，因为自己也有家要养。或许他与杜少卿相比，实在不够豪爽，太过精打细算。可正是这恰到好处的中庸之道决定了他能起到杜少卿等人所不能及的作用，因为这份细水长流的贴心，他才可以影响更多人。

　　对陌生的考生，他施恩不图报；对亲戚汤相公，他以德报怨；对朋友，他更是肝胆相照。见杜少卿困窘，便将替王府烈女写碑文的事转托给杜少卿，一方面是看重杜少卿的才气，另一方面是变相地接济落魄的杜少卿，这是虞博士的贴心。

这事交给你我放心

感谢

187

　　当储信、伊昭同虞博士诋毁杜少卿为人，说杜少卿时常同他的娘子上酒馆喝酒，人人都笑他，"最没有品行"。虞博士反驳"这正是他风流文雅处，俗人怎么得知"。储信仍没听懂老师的弦外之音，接着说："他是个不应考的人，做出来的东西，好也有限，恐怕坏了老师的名。"这时虞博士生气了，正色道："他的才名，是人人知道的，做出来的诗文，人无有不服。我还沾他的光呢。"虞博士虽然应科举有功名在身，却并不像俗人一般以功名论英雄，而是真心赏识杜少卿的才气，真心同情杜少卿的处境。

　　泰伯祠F4都已出场完毕，便要说到铺垫已久的祭祀大典了。祭拜贤人，参与祭祀之人亦当是品行高洁、淡泊名利的贤士才好，可惜我们看到这次祭典不仅在财务上捉襟见肘，参加的人员也不免拼拼凑凑，连臧荼这样的"匪类"，季苇萧这样薄情寡义的花花公子，储信、伊昭这样的势利小人也都参与其中，这样的盛典最终也不过是百姓眼中的一场热闹大戏罢了。

祭祀大典

伊昭　臧荼　季苇萧　储信

　　虞博士离开南京时已是满纸凄凉，随后便是"五河县势利熏心"，可见迟衡山的改革举措不过是一场幻梦。祭祀虽然热闹，但也只是增加了看热闹的人群，并没有让人们在心底里认识到争名夺利的可耻，当然也就改变不了人们的势利之心。

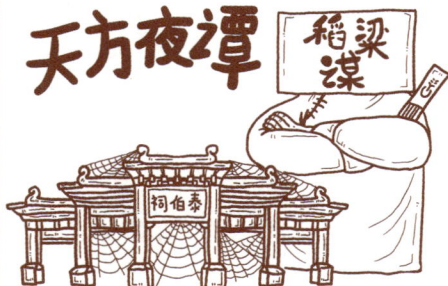

天方夜谭

稻粱谋

泰伯祠

后来盖宽同邻居老爹一起到泰伯祠看看，而曾经祭祀泰伯祠的盛会在此刻已是风流云散、一片落寞："泰伯祠的大殿，屋山头倒了半边。来到门前，五六个小孩子在那里踢球，两扇大门倒了一扇，睡在地下。两人走进去，三四个乡间的老妇人在那丹墀里挑荠菜，大殿上槅子都没了。又到后边五间楼，直桶桶的，楼板都没有一片。"泰伯祠的破败，正可见由迟衡山发起的崇尚先贤改革的彻底失败。南京的老百姓非但没有像迟衡山所希望的那样尊崇礼仪、涵养仁心，反而把楼板都拆了拿去家用，真是极大的讽刺！

吴敬梓把他自己所处的时代最令人厌恶的一面打包在《儒林外史》中，同时他也在探索解救之道，在他塑造的泰伯祠F4身上，我们看到他要打破势利之网所探索的道路。

杜少卿代表个人的"勇"，他仿佛在向世人宣战："你看，还有一个人敢于这样活！"他人单势微，但从不妥协苟且，可最后落魄于江湖。

勇

贤人的集体改革

庄绍光的故事代表的是上层力量，他告诉单纯的读者，想要依靠爬满"蝎子"的朝廷来改变现状是不切实际的。迟衡山代表的是贤人集体的改革，可最后我们也看到几个贤人君子的高洁之行根本扭转不了封建社会业已被势利腐蚀入骨的世道人心。

中庸之道

虞博士代表的是中庸之道，他不像杜少卿与主流价值观对立，也不像庄绍光隐居独善其身，而是在主流中保持异类，不追名逐利，用自己的善意去感染更多人。可惜的是虞博士离开南京时依然是满纸凄凉，他并没有能力改变更多。

吴敬梓太清醒了，他亲手建构了真儒名贤的清白世界，最后又狠心地将它摧毁。他明白，改变社会仅仅靠几个贤士振臂一呼简直是天方夜谭。那靠什么呢？吴敬梓先生给我们留下了一道思考题。

你以为吴敬梓老先生只写了各色读书人的群像吗？不！他还写了有大将之风的侠客。还记得庄绍光上京之时偶遇的弹弓大侠萧昊轩吗？那正是这一讲的主角萧云仙的父亲。虎父无犬子，云仙从小就继承了他爸的弹弓绝技，平日里在乡下行侠仗义，是全村闻名的少年豪侠。

少年豪侠

萧云仙

他命运的转折与一个人有关——郭孝子，原名郭力，字铁山。郭孝子因二十年走遍天下寻访父亲而天下闻名。慢慢地，大家不太知道他的原名，但都知道"郭孝子"的名号。他要寻访的父亲，也是我们的老朋友。还记得曾经风光无限的"江西第一能员"，后来降了宁王的朝廷要犯王惠吗？他一路逃亡，最后在四川山里削发为僧，从此隐姓埋名，远离尘世。郭孝子从家乡长沙出发，一路追寻父亲的踪迹，足迹遍布大半个中国。

这貌似
不是父亲的脚印

这份孝心打动了无数人。南京三杰杜少卿、庄绍光、虞博士为表敬意纷纷慷慨解囊，为他凑路费；虞博士、庄绍光更是写书信给自己的官员朋友为郭孝子一路护航。杜少卿虽已穷困至极，当了衣服换得四两银子全部赠给郭孝子。不得不提一句，杜少卿知晓郭孝子父亲是王惠吗？知道，但杜少卿因见郭孝子这般举动，心里更加敬他。可见杜少卿注重的并非王惠的罪，而是郭孝子的"品"。

长沙—南京—西安—成都，用脚丈量秀丽山河，放到现代社会想想真是浪漫洒脱。但那还是"景阳冈有虎"的时代，独行是一件危险系数很高的事情。那日天色将晚，望不到一个村落，没有地方落脚。郭孝子只得乘着月色继续前行。突然从林中跳出一只老虎来，郭孝子吓得一跌跌在地上。老虎直接抓了他坐在屁股底下，坐了一会，见郭孝子闭着眼，以为他死了，便去旁边挖了一个坑，把郭孝子提起放在坑里，拨了些落叶盖住便离开了。

原来老虎只是"小弟"，真正的"大哥"是独角兽一般的猛兽，郭孝子是"小弟"为"大哥"精心准备的晚餐。可惜这只老虎大意了，它一走，郭孝子担心它返回吃掉自己，急中生智把自己绑到旁边的树上。果然，过了一会儿，老虎带了浑身雪白、头上一只角的怪物来，结果坑里不见了郭孝子，老虎四处找不见，独角兽有被愚弄的感觉，顿时发起威来，一掌就把老虎头打掉了。只怪那晚月色太好，独角兽回头一望，便发现月亮明晃晃地照见树上有个人——原来晚餐在这里！

　　独角兽用力一扑，郭孝子命不久矣……谁料到那独角兽的肚皮对着一根枯木，狠命地一扑时，枯木戳进肚皮，越用力戳得越深，最后生生把自己挂在树上死了。郭孝子又逃过一劫。

　　郭孝子从秋天走到冬天，那天天色将晚，望不到一个村落，没有地方落脚，郭孝子只得继续前行。冰天雪地，山路冻得又硬又滑。山洞里大吼一声，又跳出一只老虎，郭孝子吓得一跤跌倒在地，不省人事。原来老虎吃人是要等人怕的，见郭孝子不动，老虎竟不敢吃他，凑上去闻，老虎的一茎胡子戳进了郭孝子的鼻孔里，戳出一个大喷嚏来。那老虎吓了一跳，连忙转身逃命，结果跌到一个涧沟里，被刀剑般的冰凌拦着，活活给冻死了。

你说巧不巧？郭孝子又逃过一劫。

可见郭孝子确是锦鲤附身，换作常人，已经死三回了。而郭孝子的运气，唯一合理的解释便是他的孝心感动了上天，如同《西游记》里的各路妖怪是为了检验和衬托唐僧师徒西天取经的诚心，老虎和异兽也不过是为了检验和衬托郭孝子的孝心罢了。

郭孝子的美好品质其实不只是孝。他路上除了遇着神兽，还遇着了装鬼吓人的木耐夫妇，两人抢钱的套路非常奇特。女人身穿红衣在树上装吊死鬼，嘴跟前用红布做个舌头拖着，脚底下埋着个缸，缸里坐着一个男人，是女人的丈夫。

过路人见着红衣吊死鬼，吓晕过去，两人便夺了路人行李，之后继续装鬼。木耐夫妇也见郭孝子生得雄壮，不敢动手，郭孝子早已识破两人套路，却也知道如果不是日子过不下去，也绝不会想出这种招数吓人骗钱，于是将十两银子赠给他们。精通武艺的郭孝子做了木耐的师父，细细指教他刀法拳法，让他就此改过。可见郭孝子不只孝心感人，更有一颗侠义心肠。

竹山庵

施主，你会不会是认错了人？

爹！我找得你好苦~！

最终郭孝子到达成都竹山庵，走上前敲门。一老和尚开门，一见是儿子吓了一跳，可见他一眼就认出了儿子，只因世事变迁唯恐昨日事发，只好拒不相认。郭孝子跪在地上恸哭不已。

郭孝子最后只好在附近当个打工仔，天天搬柴运米挣点小钱养活父亲。而后父亲王惠真应了陈和甫那句"琴瑟琵琶路上逢，一盏醇醪心痛"！宁王便是第八个王子，投降宁王后的半辈子，一路逃亡，再无风光，最后只是"心痛"而死的结局。郭孝子带着父亲的遗骸返回家乡。

古时交通不便，快递业更是没有。行走中国的郭孝子还兼职做了个快递员，本还有封书信帮忙递交给成都萧昊轩，但因归葬心急，不便去访。但恰好碰见了萧昊轩之子萧云仙。

云仙行侠仗义，为了救落难的原甘露庵的老和尚，虽然弹弓还没学到十分，却敢于冒险，只身闯入响马贼头目赵大的四十里势力范围，打瞎他的两只眼睛，背起已经吓得不会走路的老和尚狂奔四十里路，出了赵大的势力范围，才安心告别。

老和尚得了性命，磕头拜谢，问恩人的尊姓大名。萧云仙却说："我也不过要除这一害，并非有意救你，你得了性命，速去吧，问我的姓名怎的？"事了拂衣去，深藏身与名。果然大侠风范。

萧云仙与同样侠义心肠的郭孝子一见如故。郭孝子递交了书信不说，还向他说出一番肺腑之言："这冒险捐躯，是侠客的勾当。如今四海一家，任你是荆轲、聂政，也只好叫作乱民。像您有这样品貌才艺，又有这般义气肝胆，正该出来替朝廷效力。"意思是在现在这个和平年代，做替天行道的事，名不正，言不顺。一番话说得萧云仙格局提升、境界全开。

正巧四川松潘地带的边民，与中原人做生意产生纠纷，气不过还打不过吗？边民凭着一股子蛮力，持了刀杖器械，大打一仗，还将青枫城强占了去。朝廷大怒，派遣平少保前去平定。这不正是萧云仙的机会吗？萧昊轩便将儿子叫到身边，教导他一番。

正当男子汉奋发有为之时
理应报效朝廷！

萧昊轩

是！爹爹！

于是云仙听从父亲建议，前去投军，自此开启他波澜壮阔的军旅生涯。

路上，天还不亮，云仙背着行李正走得好，突然背后有脚步声。他跳开一步，回转头来，只见一人手持短棍准备偷袭。云仙一脚飞起，将那人踢倒在地。一问才知是郭孝子的徒弟木耐，他也去投军，因路费短缺便想杀人夺财，可见人是很难改变自己的思维路径的。这个且不提。两人不打不相识，一路同行来到松潘，因萧昊轩与平少保相识，授予云仙千总职衔，木耐也被赏了战粮一分。

战前开会，两位都督开始分析局势。一位都督说："前几日总镇马大老爷陷入敌人的陷坑里，受重伤牺牲，连尸首都不曾找到。重要的是总镇马大老爷是司礼监老太监的侄儿。内里传出信来，务必要寻见尸首，若是寻不着，将来不知是个怎么样的处分！这事怎么了结？"可见这一仗并不顺利，但眼下更重要的是怎么完成司礼监老太监的任务，不然官位可能不保。

另一位都督说：“听说青枫城一带几十里是无水草的，要等冬天积下大雪，到春融之时，山上雪水化了，人和牲口才有水吃。我们出兵到那里，只消几天没有水吃，就活活地渴死了，哪里还能打什么仗！”这位都督的意思是无天时也无地利，这一仗不打最好！潜台词是白白送命的事他可不想干。可新兵蛋子萧云仙可没有听懂这潜台词，直接上前说：“两位太爷不必费心。这青枫城是有水草的，不但有，而且水草最为肥饶。”两位都督这时一致对外，质疑：“你不曾去过，怎么知道？书本子上的话，如何信得！”

那到底青枫城有没有水源？难道萧云仙只知纸上谈兵？

很快，攻城策略已定：萧云仙率领五百步兵冲锋在前开路，两位都督率领兵马，做中军策应。平少保领后队调遣。将令一下，萧云仙吩咐木耐率领二百人在青枫城门户椅儿山路口等待，山头炮响便出来喊杀助战。另一百人埋伏在山凹，山头炮响，便出来喊杀助阵，报称大兵已到，主打一个虚张声势。分派完毕，萧云仙便率领二百人杀上山去，弹弓绝技打得敌人鼻塌嘴歪，手拿腰刀，手起刀落，气势逼人，吓得敌人正欲逃跑。

忽然一声炮响，木耐的二百人卷地而来，山凹里的一百伏兵大声喊杀："大兵到了！"萧云仙将五百人合在一处，喊声大震，敌人各处逃命，首战告捷。军队稍作休整后继续前进，他们的目标是青枫城。"只见一路都是深林密箐，走了半天，林子尽处，一条大河，远远望见青枫城在数里之外。"这句话画重点，可以回答前面的疑惑。青枫城果然如萧云仙所说水草丰茂，而那两位都督不仅见识短浅，更是贪生怕死之辈，"水草不足"只是他们不想应战的借口罢了。青枫城在大河之外，萧云仙立即让五百士兵砍竹做筏，顷刻办就，渡过大河。青枫城不比椅儿山，不是五百人可以拿下的，萧云仙很清醒："我们大兵尚在后面，依然主打虚张声势，万万不可让敌人知道我们的虚实。"他吩咐木耐率领士兵将旗帜改做成云梯，每人身藏枯竹一束，爬上城墙，将敌人堆积粮草处放一把火，趁乱攻打东门。

这时两位都督在干吗？他们到达椅儿山，不知道萧云仙已经过去。两位商量道："这等险恶所在，敌人必有埋伏，我们尽力放些大炮，放得他们不敢出来，也就可以报捷了。"两位都督真是高手，主打一个自欺欺人，不管赢没赢，我认为赢就可以了。

正在商议着，忽然飞马赶到，少保叫两位都督忙去青枫城策应，恐怕萧云仙少年轻进，以致失事。本来就想佛系打仗的都督，此时不得不进。却发现椅儿山并无埋伏，行到河边又有现成筏子，顺利进城，发现青枫城内火光映天，敌人自己乱成一团，萧云仙正在做最后的猛攻。中军已到，与萧云仙的先锋队合为一处，一举拿下青枫城。

战后论功行赏，平少保回京，两位都督回任等候升职，萧云仙实授千总职位，统领青枫城全部修复事宜。自此，萧云仙在青枫城筑城、兴修水利、开垦农田、办学堂做教育。五六年后，青枫城焕然一新，百姓安居乐业，学童识字念书。看到这里，我们不由得赞叹萧云仙真是人才！他不仅懂得带兵打仗，还懂得"劝农桑，敦孝悌"的治理之道。他深得民心，百姓感其恩德，在城外盖起了一座先农祠，供奉萧云仙的长生禄位牌以示敬爱。在杨柳发青、桃花盛开之时，萧云仙便时常带着木耐，骑马射箭，意气风发！

萧云仙一介武夫，无文人身上的酸腐做作之气，气势豪迈洒脱，甚至比杜少卿、庄绍光等人更加积极入世，称得上真正的英雄，可封建社会是容得下英雄的吗？

　　青枫城筑好之时，便是英雄退场之时。萧云仙报上文书去，各项开销共计银子一万九千三百六十两一钱二分一厘五毫。结果工部核算后，认定青枫城水草丰盛，烧造砖灰便捷容易；流民聚集，可充当劳工者很多。最后认定萧云仙虚报开销，核减银子七千五百二十五两，由他一人承担赔偿。限期归款！

　　真是讽刺至极！

　　英雄萧云仙离开青枫城，回到成都家中，凑银子赔偿朝廷款项。又逢父亲卧病在床，不久于人世。萧云仙跪着请安，伏地不肯起来，诉说因筑城被工部追赔一案。萧昊轩安慰道："你都不曾做错，这都是朝廷功令，又不是你不肖花掉了，何必气恼？我的产业，攒凑拢来，大约还有七千金，你卖掉产业归公便了。"萧云仙哭着应诺。最后萧昊轩告诫萧云仙："为人以忠孝为本，其余都是末事。"英雄如此忠勇，朝廷却如此对待，真是讽刺！

为人以忠孝为本
其余都是末事！

萧昊轩

萧云仙悉心料理父亲的后事，变卖了家产，勉强凑齐了七千多两。还差三百两银子，地方官仍然紧追不舍。恰好调任来一位新知府，他是平少保提拔过的人，知道萧云仙也是少保的人，因此替他虚出了一个还清的结状。然而我们无法替萧云仙开心，一代英雄豪侠此时已家破人亡，最后的安慰却不是翻案，只是依托私交遮掩了伤疤。

萧云仙找到平少保，平少保还算讲道义，为他谋得一个守备的职位，被派往南京任职。这职位有多大呢？南京江淮地段的漕运机关的防卫人员！萧云仙收拾行囊，一路东行，路过广武山时，碰巧遇到旧时手下木耐，木耐此时已经不再是旧时装鬼打劫的木耐，而是广武卫总爷。旧友相见，分外开心。

次日萧云仙要走，木耐留他参观本地著名景区广武山阮公祠。那日白雪纷飞，横岭萧瑟。萧云仙发出感慨："我两人当日在青枫城的时候，这样的雪，不知经历了多少，那时倒也不见得苦楚；如今见了这几点雪，倒觉得寒冷得紧。"这时寒冷的当然不是天气，而是那颗被冷漠无情的封建朝廷伤透了的报国心啊。

心冷了

木耐道：“想起那两位都督大老爷，此时貂裘向火，不知怎样快活哩！”两位都督曾怒斥萧云仙“史书上说过青枫城水草丰富”为无稽之谈。后在攻打青枫城时，畏首畏尾，贪生怕死；城破之时，积极抢功，步步高升。可笑！木耐以为萧云仙的心寒在于论功行赏时的不公平。

“青枫城无水菖”是都督不想应战的借口。“青枫城水草丰茂”后又成了封建朝廷认定萧云仙虚开账目贪污银两的罪证。“青枫城的百姓过得怎样”从来都不在朝廷官员的考量范围内。更讽刺的是“流民甚多，可充劳役”，在朝廷官员看来，不强征流民做苦力，那简直是脑袋坏了。可萧云仙就是“脑袋坏了”的那个，他体恤百姓之苦，“招集流民”，“动支钱粮，雇齐民夫”，在田边开沟渠。最后这一切却要用自己父亲辛苦挣了一辈子的积蓄来买单，心能不寒冷吗！

阮公祠立在风雪中，墙上嵌着许多名人题咏。一首武书写的《广武山怀古》，萧云仙读了又读，不觉潸然泪下。这无声的泪水是壮志未酬的无奈，是怀才不遇的悲哀，更是如阮籍一般“时无英雄，使竖子成名”的愤怒。这是独属于英雄的寂寞眼泪。木耐在旁，不解其意。

萧云仙到南京上任后，急于寻访武书——那首《广武山怀古》的作者。见面后，互道倾慕之意，随后萧云仙拿出一个卷子递给武书，说道：“这是小弟半生事迹，专求老先生大笔，或作一篇文，或作几首诗，以垂不朽。”武书接过一看，封面写着“西征小纪”，中间三幅图，一幅是《椅儿山破敌》，第二幅是《青枫取城》，第三幅是《春郊劝农》，每幅图下面都有详细的记录。

求先生墨宝

武书

西征小纪

　　武书看完叹息道："老先生这一番汗马功劳，须得几位大手笔，撰述一番，各家文集里传留下去，也不埋没了这半生忠悃。"

　　萧云仙如此积极寻找名人为他的《西征小纪》题词，以求不朽，这种赤裸裸的"求名"举动经常被误读为"沽名钓誉"，但是我非常欣赏萧云仙此时"沽名钓誉"的勇气。英雄难道就只能无声地流泪吗？英雄难道就只能在误读中被遗忘吗？当然不是。他要发声！虽不能埋怨朝廷不公，满腹牢骚，但他可以将自己的作为公之于世。有了名人题词，《西征小纪》就成为文学作品可以流芳百世，英雄的举动再也不会被篡改，也不会被遗忘。我想萧云仙真正在乎的不是那点"不朽"的名声，他更在乎的是被掩盖的"真相"。

　　云仙啊，寂寞的英雄，愿你出走半生，归来仍是少年。

愿你出走半生 归来仍是少年！

《儒林外史》里，女性形象并不多，毕竟古时女子"无才便是德"，所以本书中女性形象本就模糊，甚至连完整的姓名都不配拥有，不过是"杜娘子""鲁小姐""辛小姐""赵氏""王氏"。这也不是因为吴敬梓懒，而是这些女人更像一个个符号存在着，缺少个性。杜娘子，与杜少卿相濡以沫，是夫唱妇随的代表人物。鲁小姐——鲁编修的女儿，渴求功名之心不过是继承家父的意志而已。而全书中有名有姓的女子有没有？有！她就是沈琼枝，可见吴敬梓先生对她的偏爱。

第十四讲

沈琼枝——儒林女侠

沈琼枝

　　沈大年，常州贡生，原在萧云仙所在的青枫城做老师，积了钱财回乡，因将女儿许配给扬州宋府，此时他特地送女儿上门完成婚姻大事。可奇怪的是两人到达扬州后，并不见宋府大吹大打迎娶女儿，而是打发下人吩咐沈氏父女，把新娘抬到府上去就行了。父亲一听："这等操作，不像是迎娶正室，这到底嫁不嫁？你要自己做主！"可见沈大年十分开明，对比匡超人的岳父郑老爹强太多。郑老爹一听女婿要去京里做官，责备女儿不知好歹，硬逼女儿去乡下，最后致使女儿抑郁而终。沈父并不因宋盐商是富商就逼女儿做妾，而是听从女儿自己主张。开明的父亲亦有豪侠的女儿。沈琼枝说："我家又不曾写卖身做妾文书，又没要他的银子，怎么肯伏低做小？但若是此时和他闹起来，反被外人议论。我如今坐轿被抬到他家去，看他如何说。"此时的沈琼枝还是单纯，在意外人的眼光和议论，高估了宋为富的道德感，认为正义会让邪恶低头。于是身穿新娘服，头戴冠子送上门去。一进门，只见几个抱着小官的老妈子在同看门的管家说笑。见轿子进来，几人不慌不忙，直接指路说："让沈新娘下轿走水巷里进去。"

从宋府下人的反应来看，这应该是宋为富娶妾的惯常操作了。沈琼枝便依言走到大厅里，没有胆怯，更无所谓害羞。她落落大方质问："请你们家老爷出来。既要娶我，怎么不张灯结彩，择吉过门？把我悄悄抬了来，当作娶妾一般光景。我且不问他要别的，只叫他把我父亲亲笔写的婚书拿出来看，我就没什么说的了！"可见婚书上言明是娶来做正室。是宋为富玩套路，谎称娶妻，实则娶妾，而且经验告诉他：被骗的女子即使知道被骗也不能折腾出啥来。沈琼枝如此大胆直接地质问，老妈子都吓了一跳，赶紧报告给正在抓人参的宋为富。宋为富一听，霸气回复道："我们总商人家，一年至少也娶七八个妾，都像这般淘气，这日子还过得！"他反骂沈琼枝不懂规矩："她走了来，还怕她飞到哪里去！"话虽然霸气，但他选择隐身不见，叫这一个丫鬟吩咐道："就回说老爷不在，让新娘权且进房去。"

宋为富骗人在先，却趾高气扬，为何？他又为何让沈琼枝先进房待几天？先来看看为沈新娘准备的房：三间楠木厅，一个大院落，堆满了太湖石的假山。沿着山石走到左边一条小巷，串入一个花园内。竹树交加，亭台轩敞，一个极宽的金鱼池，池子旁边，都是朱红栏杆，夹着一带走廊。走到廊尽头处，一个小小月洞，四扇金漆门。走进去，便是三间星，一间做房。铺设得整整齐齐，独自一个院落。

房子是低调的奢华，雅致又幽静，就连沈琼枝都赞叹："这样极幽的所在，且让我在此消遣几天。"你看，沈琼枝都动心了，换作惯常女子谁还去反抗？很可能要反过来自己说服自己："做妾又怎么了？"宋为富很聪明，他拿准了女子会见钱眼开，放弃抵抗；拿准了女子的羞耻心和自己强大的势力，女子必然会在乎脸面名声，不会私逃——就算私逃也逃不过自己的手掌心去；拿准了女子家人定会见钱眼开，卖女为妾。于是他紧接着派出自己的管家找到沈大年，送出五百两银子，姑娘留下，叫他自行回府。

用银子切除女子羽翼，这招实在够狠。那可是五百两银子啊，是做馆时的周进四十年才能赚到的数额，换作平常的父亲母亲，早就带银子跑路了，女儿只是做妾而已嘛！所幸，沈父不是惯常的见钱眼开之人，一纸状纸告到公堂。知县正义，怒斥"盐商豪横一至于此"。可知县的一点正气终究抵不过盐商大把的银子，银子到账，知县马上改口，批文写道："若是将沈琼枝许配为正室，又怎么私自送上门去？"沈父败诉，不服，再次申诉，知县大怒，将沈父押回原籍常州。沈琼枝当年太过单纯，竟以为可以通过讲道理让宋盐商屈服，可是没想到对手毫无底线。

过了几天，也没有父亲的消息，她猜到大事不妙，宋为富应是"安排"了父亲，自身难保。于是将他房里的金银器皿、珍珠首饰，打了一个包袱，穿了七条裙子，扮作小老妈子，买通了丫鬟，清晨时逃跑。大多数女子走投无路时回家是最安全的选择，但沈琼枝害怕被家乡人耻笑，于是决定独自一人去南京谋生。

在沈琼枝的意识里，有很多外人的声音。当初决定去宋府，也是怕闹起来，被外人议论。外人会议论什么？当然不会指责宋盐商的欺骗行为，而是指责沈琼枝"不守妇道"以致无法收场。现在也是因为害怕被家乡人家耻笑，选择做一个孤勇者。家乡人会笑什么？当然不会指责宋盐商的欺骗行为，而是会指责沈琼枝"不守妇道被退婚"，讥笑沈琼枝"心高气傲，现在好啦，没人敢要"，更恶毒、更不堪的流言会在一夜之间成为子弹，击中沈琼枝家人的心。这就是女子身上所背负的沉重道德枷锁。洒脱如沈琼枝，也很难超脱于外。

在南京的打工生活并不易，独自一人，来历不明，打出的"写诗刺绣"的广告也被人认为是在"变相卖淫"。

那日清凉山地藏胜会上，沈姑娘烧香回来，"跟了他后面走的就有百十人"，那些跟踪的恶少都是来"物色"美女的。

　　细想画面，你不会感到愉悦，而是会感到压抑、恐怖。沈琼枝每日都要面对恶少们的骚扰，若不是她内心强大，换作常人早就崩溃了——几乎没有人能够理解沈琼枝的先锋行为艺术。

　　沈琼枝当街卖诗文早就上了南京热搜榜，连泰伯祠F4之一迟衡山都鄙夷道："南京城里是何等地方！四方的名士还数不清，还哪个去求妇女们的诗文？这个明明借此勾引人。她能做不能做，不必管她。"女子只是传宗接代的工具，一个有思想的工具只是徒增了不可操控性。至于她是不是真会作诗，这是最不重要的事。

　　武书却止不住他的好奇心，坚持邀请沈琼枝来作诗。于是次日早晨杜少卿、武书一同来到沈琼枝住处——王府塘，又见十几个人围在门口吵闹。原来是有人来买绣香囊，地方上几个收保护费的流氓想揭沈琼枝的短处，敲诈银子，又没有实际证据，不过是虚张声势罢了。沈琼枝却不怕，扎扎实实把这些流氓骂了一回，引得众人看热闹。

不要说了，我们错了！

杜先生，我特意拜访杜夫人

夫人在里面快请进

沈琼枝本就伶牙俐齿，在社会的恶意之下生存，更练就了一张利嘴。

见杜少卿、武书来访，众人才散去。沈琼枝见杜、武二人气概不同，便吐露心事："我来南京半年多，凡到我这里来的，不是把我当作倚门之娼，就是疑我为江湖之盗；两样人皆不足与言。今见二位先生，既无狎玩我的意思，又无猜忌我的心肠。平日听家父说：'南京名士甚多，只有杜少卿先生是个豪杰。'这句话不错了。"一番话说出了她的无限辛酸，潇洒豪侠如沈琼枝，但在当时毕竟势单力薄、难以周旋。每日要面对的不是流氓，就是恶少，安身立命是真难。但接下来的一番话同样展现了她的体贴入微。她问杜少卿："不知先生是客居在此，还是和夫人同在南京？"杜少卿道："拙荆也同寄居在河房内。"沈琼枝道："既如此，我就到府拜谒夫人，好将心事细说。"

　　她向杜少卿求救，想要彻底摆脱眼前的境遇。而在公众场合，同杜少卿私谈难免又会有许多流言蜚语，因此她以拜谒杜夫人的方式进行沟通，有礼有节，细心周到！

　　回到杜少卿住处，杜少卿看见姚奶奶正在卖花，便邀请她进门一同迎客。杜少卿此举只是找一个旁的见证人，以免流言蜚语上热搜，有理说不清。一会儿，沈琼枝就已到杜家，同杜娘子、姚奶奶一同坐着寒暄，杜少卿坐在窗子前。须臾，姚奶奶走出房门外去，沈琼枝在杜娘子面前，双膝跪地。杜娘子大惊，沈琼枝才将盐商骗她做妾的原委说出，担心盐商追踪而来，于是向夫人和杜少卿求救。杜少卿惊叹："盐商富贵奢华，多少士大夫见了就销魂夺魄；你一个弱女子，视如土芥，这就可敬的极了！若他必要追踪，你这祸事不远，却也无甚大害。"你看这个人言可畏的社会让曾经单纯的沈琼枝变得多么小心翼翼，见姚奶奶走后才敢求救。所幸，杜少卿夫妇是真心帮助她。

　　祸事不远，果然有差人来抓，十八九岁的沈琼枝处变不惊，说道："这个不妨。差人在哪里？我便同他去。"随后杜少卿将自己的诗集和武书写的诗，又称了四两银子，送给沈琼枝。杜少卿送钱很正常，他是见不得别人落难的，送上自己的诗集才更加可敬，在他眼中，沈琼枝是一位豪杰，品格比很多读书人都要高尚。

客气客气　　感恩的心 感谢有你！

后来她被差人带走，差人想要敲诈她的银子，她只不理，差人也没奈何。可见对于强势的恶人，你只需比他更强势。公堂之上，知县质问她为何不守闺范，偷窃银两，沈琼枝不卑不亢道明原因："宋为富强占良人为妾，我父亲和他涉了讼，他买嘱知县，将我父亲断输了，这是我不共戴天之仇。况且我虽然不才，也颇知文墨，怎么肯把一个张耳之妻去事外黄佣奴，故此逃了出来。""父亲之仇是不共戴天之仇"，这是真正的豪侠精神；"张耳之妻"的典故张口就来，是真正的读书人。知县却并不感兴趣，因为这些都不在他的管辖范围内，"自有江都县问你"。他感兴趣的是"你既会文墨，可能当面作诗一首"，即令她以槐树为题现场赋诗一首。沈琼枝不慌不忙，吟出一首七言八句诗，又快又好。知县赞赏不已，并为她秘密写信给故交江都县知县，托他开释沈琼枝，断还沈大年，另行择婿即可。

沈琼枝被两位差人押回扬州。过了一会儿，船家来收船费，差人拿出批文，道："我们办公事的人，不问你要贴钱就够了，还来问我们要钱！"船家不敢言语。可见差人平时仗势欺人已到了炉火纯青的地步。结果两个差人又开口向沈琼枝要钱："都像你这一毛不拔，我们喝西北风！"把压榨百姓当成了家常便饭，沈姑娘霸气回击："我便不给你钱，你敢怎么样！"说完走出船舱，跳上岸，竟要自己走了去。两个差人赶着来扯，被她打了一个仰八叉，纷纷倒地。最后两个差人只好乖乖听话，秒变小弟。

儒林外史
女侠

　　沈琼枝的故事到这里就结束了。让人赞叹的是她平等独立的意识。在封建社会的婚姻中，女子是没有"我"的，才华横溢如鲁小姐，婚姻大事也只能尊崇父母之命，即使不满意，却只能逆来顺受，忍气吞声。而沈琼枝却明确地表示："我的人生我做主。"面对宋为富的财富，她视若土芥；面对强大的权势，她依然勇敢出逃；面对流氓无赖的骚扰，她霸气回击；面对官差的欺压，她用拳头致敬。我们可以用所有的语言赞美她，她太完美了，才貌双全、有勇有谋、细心机警，关键还武艺高强。

才貌双全有勇有谋 武艺高强

　　越是完美，越是一个不可能的幻境。现实一点来说，无论缺少哪一种能力，沈琼枝都是没有活路的。如果她不是有勇有谋，可能在出逃路上就被抓回，面对不择手段的宋为富，后果不敢想象；如果她不是才华横溢，知县不会为她写信求情，牢狱之灾不可免；如果她不是武艺高强，两个官差早就把她压榨完毕了……一切的一切我们不敢假设。对于一个女性而言，独自闯荡险恶江湖，是一件危险系数太高的事。所以，沈琼枝越完美，就越告诉我们，这只能是一个理想人物。

读书人寡廉鲜耻，英雄将士壮志难酬，真儒名贤的结局不过是人走茶凉，泰伯祠也被无情的蜘蛛网查封。作者将目光转向市井，欣喜地发现市井之间，却有一束微光。率先出场的是唱戏的鲍文卿。

鲍文卿

在牛浦郎的故事里，牛布衣夫人寻夫无果，到官府状告牛浦郎谋害牛布衣，假冒丈夫的名号骗名骗财。最后安东知县向鼎因证据不足判为"重名而已"，把牛夫人打发回原籍绍兴结案。案情奇特，结案又太草率，"真假牛布衣的案件"火速上了热搜榜，传得上司都知晓，指责向知县与诗人交好，放着人命官司不过问，要参处他。这天按察司崔大人就收到了参处向鼎的帖子。

说到崔大人，不得不提一下他的出身。他是太监的侄儿，荫袭出身，一路做官到按察司——按察司可是掌管官员生杀大权的要职。前一讲里，征讨松潘的马大老爷也是司礼监老太监的侄儿，战败身死。老太监放出话来，如果找不到尸首，后果很严重。吴敬梓老先生在暗示什么？暗示宦官权力已渗透到朝廷各个重要部门。这就是作者的高妙之处：一两处闲笔，连接起来就会发现老先生在影射什么。

此时崔按察正在细读帖子，灯烛影里，只见"一个人双膝跪下"，原来是他门下一个唱戏的人，叫作鲍文卿。鲍文卿上前说道："方才小的看见大老爷要参处的这位是安东县向老爷。这位老爷小的也不认得。但自七八岁学戏，我念的就是他做的曲子。这老爷是个大才子、大名士。如今二十多年了，才做得一个知县，好不可怜。不知可以求得大老爷免了他的参处吗？"

一个唱戏的人如此爱才，我有什么理由不成全？崔按察便真的免了向知县革职之罪。读到这里，你会疑惑：掌管官员生杀大权的按察司，没有调查取证，仅凭一番话就直接裁决，是否有些草率？知晓案情的读者都知道，真假牛布衣案虽然错综复杂，如果细细追究，其实是可以找到切入点的，但最后以"重名而已"结案太过草率，才使欺世盗名者继续霸道横行。而鲍文卿说向知县有才，难道就可以掩盖他的渎职之罪？

一句话便可以扭转案情，这正说明按察司职权之大、办案之随意。更离谱的是崔按察积极地写信给向知县，向他说明鲍文卿救他，并吩咐差役把鲍文卿送到向知县衙门里。

"叫他谢你几百两银子，回家做个本钱。"这不是变相的索贿吗？向知县听闻恩人到来，又是顶头上司的人，十分恭敬；要行礼下跪拜谢救命之恩，鲍文卿再三不肯；拉他同坐，鲍文卿也不敢坐。熟知官场潜规则的向鼎早知道崔按察送鲍文卿来的意图，可这鲍文卿却不按常理出牌，向知县着急了，他直言："崔大老爷送了你来，我若这般待你，崔大老爷知道不便。"鲍文卿回答："虽是老爷要格外抬举小的，但这个关系朝廷体统，小的断然不敢。"他垂手回了话就退得远远的，最后知县只得叫管家出来陪，他才欢喜了，坐在管家房里有说有笑；知县备了酒席，他也是再三推辞，不肯入席，最后只得把酒席发到管家房里，让管家陪着吃了。

你可能会奇怪，鲍文卿为何这样卑微？在封建社会里，"贱辈"即倡优皂隶，其中"优"便是唱戏的人，地位低下、受人歧视，且不许参加科举，也就没有改变命运的机会。所以，鲍文卿再三说"小的乃是贱人"，决不肯和向鼎平起平坐，这是他心中绝不可冒犯的"朝廷体统"。吃过饭后，熟悉流程的向鼎写了感谢按察司的禀帖，封了五百两银子谢鲍文卿，他竟"一厘也不敢受"，说道："这是朝廷颁与老爷们的俸银，小的乃是贱人，怎敢用朝廷的银子？"

　　可向鼎要交差呀，最后只得将鲍文卿这一席话禀告给按察司。崔按察无可奈何，叹鲍文卿是个呆子。

　　鲍文卿不肯接受五百两的谢礼，原因是"怎敢用朝廷的银子"。在他看来，朝廷官员皆受朝廷俸禄，为朝廷办事，官员就是朝廷的代言人；我于朝廷无功，怎么能受赏呢？读者一看就明白这银子根本不是给他的"赏"，而是向鼎巴结讨好崔按察的"礼"，可鲍文卿拒绝接受这笔在他看来不明不白的巨款，比朝廷官员对权力更有敬畏之心，对金钱更有淡泊之心。

　　那更大的讽刺在后头，过了一段日子，崔按察升官了，把鲍文卿带回京里去。不想一进京，崔按察就病死了。崔按察死得如此迅速，虽然是为了方便引出鲍文卿后面的故事，但多心的我不得不顺着揣测作者的意图：少一个这样儿的宦官爪牙，朝廷就多了一点希望。

崔按察骂鲍文卿呆。他是真不懂吗？我们继续看故事。

　　回到南京，鲍文卿重操旧业，仍旧开一个戏班子谋生。一日在南京城内，竟然偶遇向鼎，如今的他已经升任安庆知府。向鼎敬重鲍文卿为人，便邀请鲍文卿去他衙门里帮忙。鲍文卿辞别家人，走水路去到安庆府。在船上，他遇到两个安庆府里的书办。闲聊中得知这鲍文卿是到新任向知府衙门里去的，两人很机灵，马上知道鲍文卿的含金量高，便一路买酒买肉，刻意奉承。等到深夜无人时，悄悄对鲍文卿说："有一件事，只求太爷批一个'准'字，就可以送你二百两银子。又有一件事，县里呈上来，只求太爷驳下去，这件事竟可以送三百两。你鲍太爷在我们太老爷跟前恳个情吧！"

公门里好修行！
书办　书办

　　可见，这两个掌管文书的安庆府老员工对这类事情是熟门熟路了，只是如今向知府新上任，他们有点说不上话，得找一个说得上话的人递话才行。鲍文卿赶紧撇清关系道："我是个老戏子，哪敢在太老爷跟前说情？"两个书办急忙说："鲍太爷，你疑惑我这话是说谎吗？你不信的话，上岸我先兑五百两银子给你。"书办以为鲍文卿是对"先办事再给银子"的流程不信任，直言先给银子再办事也行。从书办如此反应来看，这两个案子非同小可，一个说情人便可得五百两银子，不敢想象其中还有多少钱权交易，但唯一可以肯定的是这一"准"一"驳"必是违背公心的非法操作。银子是否可以摆平所有不平事？在一个人人趋利的社会里，大概率是可以的，但他们遇到的是鲍文卿——一个对五百两银子不动心的人。

　　鲍文卿笑道："自己知道是个穷命，须是骨头里挣出来的钱才做得肉，我怎肯瞒着太老爷拿这项钱？况且他若有理，断不肯拿出这几百两银子来寻人情。若是准了这一边的情，就要叫那边受屈，岂不丧了阴德？依我的意思，不但我不敢管，连二位老爹也不必管他。自古道：'公门里好修行。'你们服侍太老爷，凡事不可坏了太老爷的清名，也要各人保着自己的身家性命。"

不贪钱财
是非分明
胸怀磊落
是正人君子

稻梁谋

鲍文卿一段话说得正气凛然，两个书办听得毛骨悚然，只得作罢。可见鲍文卿并不呆，对于这官场里的潜规则他并非不懂，只是他正直磊落，是实实在在的正人君子。

恰逢科举之年，向鼎当官日久，深知考场中的舞弊行为严重，但他又不信任衙门里的小厮，所以便将"严肃考场纪律"的重任交给了鲍文卿。

记得先写名字！

忘记带笔！

鲍文卿父子进了考场，却很快发现"那些童生，也有代笔的，也有传递的，大家丢纸团，掠砖头，挤眉弄眼，无所不为"。更有甚者，"有一个童生，推着出恭，走到察院土墙跟前，把土墙挖个洞，伸手要到外头去接文章"，被鲍廷玺抓个正着，气得鲍廷玺要带这个童生去见向知府。鲍文卿连忙阻止道："这是我小儿不知世事，相公你一个正经读书人，快归号里去作文章，倘若太爷看见了，就不便了。"然后他拿些土堵住了墙洞，并把那个作弊考生送到考场里去，当作什么事都没发生。

不久考试结束，一切都平安无事。向鼎还以为这场考试公正清明，沾沾自喜地说："亏我这鲍朋友在彼巡场，还不曾有什么弊端。"

很多人质疑鲍文卿此时的行为，质问他考场中各种舞弊抄袭行为就在眼前，为何不管不问，放任纵容？若是吴敬梓先生写他严查舞弊行为，诚实地报告给向知府，看似维护了公平正义，但却太假了。鲍文卿，常常谦卑地称自己为"贱人"，在他眼里，谁才是贵人？答案是读书人，因此见到有人弹劾才子向鼎，他才会下跪求情，他并不懂得何为司法公正，只是真心敬重读书人。此时他见到作弊的童生，仍尊称他一声"相公"，善良的鲍文卿不忍心这个失足的年轻人因此毁掉自己的前程。他的身份眼界有限，并不懂得如何维护考试公平。维护科场纪律竟然要依靠唱戏的人，这不是更应该反思吗？前文里安庆府的书办已经给了我们答案。向知府早就懂得底下人生财有道，整个衙门他找不到一个信得过的人，对百姓而言，何来公平正义？

高估了鲍文卿的眼界和能力，我们才会对他抱以不对等的期望。对于鲍文卿来说，他只是秉持着最古老的价值观——敬重斯文，只是他内心尊敬的读书人此时已经不配得到他的敬意了。已经进入官场的读书人忙着钱权交易，不觉有失；未进入官场的读书人在考场上忙着徇私舞弊，不觉有耻。鲍文卿还认识了一位身份极其尴尬的读书人——

一天鲍文卿正到城北去寻学戏的孩子，偶遇会修乐器的老爹倪霜峰。正好家里有七八件坏掉的三弦、琵琶，鲍文卿就请了倪老爹上门修补。事后，鲍文卿便在酒楼里请他吃饭以表谢意。鲍文卿阅人无数，一看就知倪老先生是个斯文人，奇怪他为何做这修补乐器的事。倪老爹叹一口气道："我从二十岁上进学，到而今做了三十七年的秀才。就坏在读了这几句死书，拿不得轻，负不得重，一日穷似一日，儿女又多，只得借这手艺糊口，原是没奈何的事。"鲍文卿大惊，对方竟然是秀才，深感自己冒犯了。可眼前的秀才过得却是十分凄惨，六个儿子，死了一个，只剩下最小的六儿子在家，其余四个呢？都卖了。这最小的六儿子，也留不住，将来也要卖了去。虽然心中不舍，可与其让他跟着饿死，卖了兴许还有一条生路。

过继一个儿子给我吧!

倪霜峰

这称得上是全书中最惨的读书人，穷得要卖儿子。通过倪老爹，我们看到了更多底层读书人的尴尬生活。自己的青春年华，都卷在读书进学这一件事上了；可考了半辈子，学历这一栏始终停留在"秀才"。没有官做是当然，好多举人都在排队等退休潮呢；去当工人吧，读过几句书，舍不得这身象征身份的长衫。纠结了半辈子，竟然只能回归自己的手艺，修修乐器，可修乐器能挣几个钱？孩子都养不活。相比之下，鲍文卿的生活可要好得多。他虽然常常自知身份低微，可身份低微的他却没有任何心头枷锁。崔按察死后鲍文卿失去靠山，回到南京马上重新组起戏班子，靠自己的本事吃饭，也因人品高尚赢得更多人的尊重。

鲍文卿听了倪老爹的悲惨遭遇后流下泪来，想到自己只有一个女儿，并没有儿子，便大胆提出想过继这小儿子给他抚养。"您老人家若肯不弃贱行，把这小令郎过继与我，我照样送过二十两与老爹，我抚养他成人。平日逢时遇节，可以到老爹家里来，后来老爹事体好了，依旧把他送还老爹。"这哪像是过继，简直就是帮倪老爹养儿子了！倪老爹很欢喜，商定之后便将小儿过继，两人呼为亲家。

倪廷玺过继来以后，改名为鲍廷玺，鲍文卿"不肯叫他学戏"，觉得他是正经人家的儿子，"送他读了两年书"，从此跟着鲍文卿带戏班。倪霜峰去世后，"鲍文卿又拿出几十两银子来替他料理后事，依旧叫儿子去披麻戴孝"。

这些钱你拿着，去披麻戴孝是应该的!

鲍廷玺

这个故事里，鲍文卿做到了令多少人汗颜的义举，他本没有义务为倪霜峰料理后事，也不必让过继的儿子为其披麻戴孝。真正的善良温暖，让这个悲惨的读书人有了最后的体面。

故事的最后，向鼎继续高升，鲍文卿此时已经年老患病，动不动就要咳嗽半夜，担心给向太爷添麻烦，因此辞别了向太爷回到南京。临别时向太爷与他约定下次路过南京时去看他。想不到，再次相遇已是死别，向鼎一直走到灵柩前，叫道"老友文卿"，恸哭了一场。一声"老友"，多少心酸。

此时的他们，不再是当年生分疏离的关系，而是灵魂相交的好友。在向鼎府中一年多，鲍文卿不知遇到过多少次五百两的诱惑，可他从未向他说过半个字人情。虽从的是贱业，鲍文卿的所作所为却称得上真正的"君子之行"，比那些所谓的读书人要强百倍。《儒林外史》讲读书人的故事，不论是否进学，是否中举，是真读书还是假读书，都是读书人圈里的事，而鲍文卿完完全全是圈外人士。读书人身上丢失的正直磊落、温暖善良、独立自主在一个唱戏的人身上体现得淋漓尽致，是不是讽刺？

说完了鲍文卿，我们说回同样是平民的四大奇人——季遐年、王太、盖宽、荆元。他们在全书倒数第二回出场，是黑暗世界里的一道微光。

季遐年，他的特长是写得一手好字。高人一般都有些怪癖，季遐年的怪癖在于他写字时有着莫名其妙的仪式感。

书法三连

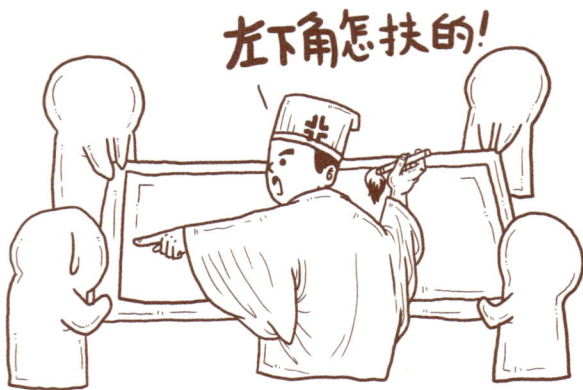

左下角怎扶的！

但凡有人请他写字，在前三日就开始准备，斋戒一天，研墨一天，不许别人研墨，用的毛笔，也只用别人用坏了的。终于到第三天，写字时，排场还很大，要三四个人替他扶着纸，不扶就不写，如果扶不好纸，他就要开骂开打。

　　他高兴就写，不高兴就不写，管你是王侯将相，有多少金银珠宝，都对他无用。能如此做作，只因他是一个物欲极低的人，他穿着一件稀烂的直裰、一双破洞的蒲鞋，写字得的钱，吃完了饭就随意送给不相识的穷人。所谓无欲则刚，就是如此了。

　　第二个特长是气性很大。我们来感受一下：一个下雪天，季遐年穿着他那双稀烂的蒲鞋，踹了朋友家一书房的烂泥，朋友心里嫌弃。

　　于是朋友很委婉地问："你这双鞋要不要换一下呀？"季遐年没有听懂他的弦外之音，回说："我没有钱。"朋友说："你写一幅字送我，我买鞋送你。"季遐年回道："我难道没有鞋，要你的！"朋友看他实在邋遢，便拿出一双鞋，让他换上，没想到季遐年大发雷霆，并不作别，走出大门，一边走一边骂——"你家是什么要紧地方，我这双鞋就不可以坐在你家！我坐在你家，还要算抬举你！"于是气呼呼地走回天界寺。

其实在这个故事里，季遐年的那双鞋就像是一个隐喻，那位朋友一直关注的是外在的脏与旧，一心想让他"体面"些，但在季遐年看来，体面是人最不需要的东西，他认为"是我这个人而不是这双鞋坐在你家，如果你真心敬我，就不应该计较这双鞋"。因此他以怪僻的行动、直接回击的方式去冲撞去反抗那"只认衣冠不认人"的势利风气。

怼完朋友的同一天，施御史让孙子去邀请季遐年写字，结果孙子见了季遐年彼此也不为礼，和寺里和尚聊天去了。第二天，施御史家的小厮又来请，开口就是："有个写字的姓季的可在这里？"季遐年听了觉得有被冒犯到，没有告诉小厮自己就是那"姓季的"，直说："明天我叫他来就是了。"等到第二天上门去，小厮见到后很吃惊："原来就是你！你也会写字？"又一次被冒犯到。季遐年忍住没有发作，走到大厅，见施御史的孙子走出屏风，迎着脸大骂："你是何等之人，敢来叫我写字！我又不贪你的钱，又不慕你的势，又不借你的光，你敢叫我写起字来！"高人果然是高人，气性非常大呀！

细品就会发现，季遐年爆发的点都是因为别人看低他。在他眼中，人格的尊严大过天，而世上的俗人却并不能理解这样一个高贵而孤独的灵魂。

第二个出场的王太就更任性，一身褴褛的他径直走到正在下棋的一堆大老官身边观棋。小厮们见他穿得破破烂烂，便推推搡搡，不许他上前。那些大老官对他更加蔑视，说："你这样一个人，也晓得看棋？"王太也不反驳。大老官们为了让他出个丑，提出跟他对弈，他"也不推辞，摆起子来"，"下了几着"，便毫不留情地将那个被大老官捧为大国手的杀败。那些大老官大为惊叹，奉承地请他吃酒，他却哈哈大笑，头也不回地扬长而去。王太就像一个外表平平无奇的绝世高手，势利的俗人只看到他平平无奇，他却早已将俗世看破，付之一笑。

第三个奇人盖宽，是一个富二代成为穷小子的故事。他家原先"开着当铺，又有田地，又有洲场"，后被伙计算计，又遭火灾，从此一败涂地，甚至连住房都卖掉了。

尽管迭遭变故，却没见他为此而苦恼，他依然读书、写诗、作画，安于贫寒生活。他的经历和气质很像杜少卿，对生活的接受度很高，繁华时热心助人，落寞时也能稳住神，有忧伤却没有悲愤。

最后出场的是会弹琴的荆元，他平时做裁缝，有余闲时弹琴、写字、作诗。朋友不理解他的生活方式，认为做裁缝有点跌份儿，不如结交一些有"钱途"的读书人。

你怎么不去结交一些读书人？

荆元

天不收
地不收
倒不快活

荆元回说："每日寻得六七分银子，吃饱了饭，要弹琴，要写字，诸事都由得我；又不贪图人的富贵，又不伺候人的颜色，天不收，地不管，倒不快活？"

这番话实在太得我心了，这也是四大奇人的精神内核。经济上独立自主，精神上高雅脱俗，葆有初心，不被世俗名利裹挟，不被他人眼光牵制，这便是理想的生活，这也是吴敬梓为读书人构建的一条新的出路。